suhrkamp taschenbuch 3572

Nach einer durchzechten Nacht trifft Gregori in seiner Wohnung auf Matti Pellonpää, Schauspieleridol aus Kaurismäki-Filmen – freischwebend an der Zimmerdecke. »Aber du bissoch tot«, ruft Gregori irritiert, besinnt sich dann aber auf seine guten Manieren und bietet dem Gast höflich ein Bier an. Ein Gespräch will jedoch nicht so recht in Gang kommen; warum bloß kriegt Matti den Mund nicht auf?

Tuuve Aros Geschichten erzählen lakonisch und treffsicher von der Suche nach dem Kompaß im Chaos, von kleinen Dramen, der großen Poesie und dem Absurden mitten im Normalen. Von Ulla, die ihr Leben in der Lesben-WG gründlich satt hat, bis sich eines Tages eine neue Mitbewohnerin vorstellt. Von dem Mann, der nach einem Streit mit seiner Freundin im Auto davonfährt und dem großen Ruf der Freiheit folgt, den raffinierten jugendlichen Anhalter Tuomas aber nicht mit einkalkuliert hat. Und von der jungen Frau, der ausgerechnet im Bett einer Kneipenbekanntschaft die kaputte Heizung zu Hause einfällt ...

Tuuve Aro, geboren 1973, lebt als Autorin und Filmkritikerin in Helsinki. Von der Kritik für ihren »hintergründigen Humor und die Unvoreingenommenheit einer Entdeckungsreisenden« (*Taiteen Maailma*) hoch gelobt, hat sie in Finnland bereits zwei Erzählungsbände veröffentlicht.

Tuuve Aro
Ärger mit der Heizung

Erzählungen

Aus dem Finnischen
von Elina Kritzokat

Suhrkamp

Die vorliegende Ausgabe enthält eine Auswahl von Erzählungen aus den Bänden *Harmia lämpöpatterista* (1999) und *Sinikka Tammisen outo tyhjiö* (2001), die bei Gummerus, Helsinki, erschienen sind.

Umschlagfoto: photonica/Virginia Woods-Jack

Die Übersetzung wurde gefördert
vom Informationszentrum für finnische Literatur
in Helsinki.

suhrkamp taschenbuch 3572
Deutsche Erstausgabe
Erste Auflage 2004

Druck: Nomos Verlagsgesellschaft, Baden-Baden
Printed in Germany
Umschlag nach Entwürfen von
Willy Fleckhaus und Rolf Staudt
ISBN 3-518-45572-9

1 2 3 4 5 6 – 09 08 07 06 05 04

Ärger mit der Heizung

Gregori und Matti

Es war ein trister Montagmorgen, als Gregori Keppana zu spät aus seinen verworrenen Träumen erwachte und sich vor Verwunderung die verklebten Augen rieb, denn an der Decke seines Zimmers war Matti Pellonpää erschienen.

– Du bissoch tot, ruft Gregori natürlich, und ein Zittern schüttelt seinen Körper. Doch Matti reagiert nicht, schwebt statt dessen in einer Art Sitzhaltung knapp unter der Zimmerdecke und zieht an seiner Kippe. Gregori erinnert sich, daß seine eigenen Zigaretten ausgegangen sind, traut sich aber nicht, gleich bei seinem Gast anzufragen, wo der doch ein solches Idol ist. Er kratzt sich am Kopf.

– Ich wär auch früher aufgestanden und hätte gefegt, wenn ich das gewußt hätte, ich hab alle Ihre Filme im Kino gesehen, mehrfach, und auch den, bei dem Sie dabeisein *sollten*, aber es nur im Geiste waren.

Und Gregori verstummt, denn ein seltsames Gefühl von Scham durchflutet sein Herz, und er wagt wirklich nicht, dieses Wort »tot« zu wiederholen, was geht's ihn auch an. Und trotzdem sagt er: Weil Sie da ja schon tot waren ... Wie fühlt sich das eigentlich an?

Gregori macht beim Reden ein paar Schritte hin zum Kühlschrank und langt mit seiner Pranke nach einer Flasche Olvi-Bier. Er hat sie bereits geöffnet und zum Mund geführt, als ihm einfällt: Ach ja, aber Sie nehmen doch sicher auch eins. Er öffnet eine zweite Flasche und streckt sich, um sie an die Decke hochzureichen. Doch da sticht es in seinem Bauch, seine Knie werden schlaff, und sicherheitshalber begibt er sich wieder in die Liegeposition und fühlt sich auch gleich entspannter. Matti schweigt, läßt nur Asche herabfallen und wirft die Haare aus der Stirn.

– Seh'n Sie, ein Jahr lang hab ich jetzt keine Arbeit gehabt, ich war viel krank, und Mutti ist letzten Herbst gestorben. Depressionen sind da nur normal. Gregori sieht sich im staubigen Zimmer um, in dem sich eine Maus in einem Haufen aus Wollmäusen ihr Nest gebaut hat und dessen Fenster nahezu blind sind vor Stadtschmutz.

– Aber jetzt, wo Sie gekommen sind, reiß ich mich selbstverständlich zusammen, und zwar sofort, wo ich Sie mir ja wieder zum Vorbild nehmen kann. Gregori weiß nicht mehr, was er redet, kann aber auch den Mund nicht halten. Matti sieht sich langsam und erhaben um, und eine Extraportion Schauer wandert über Gregoris Rücken.

Er setzt sich wieder aufrecht hin und versucht, Mattis Haltung nachzumachen, ein Bein locker über das andere gelegt, die Arme über Kreuz im Schoß, die langen Finger hängen irgendwie poetisch herab. Gregori kriegt mit seinen dicken Stummeln nicht denselben Effekt zustande und schiebt statt dessen den Zeigefinger in die Nase, weil er es nicht länger aushält, seine Schokoladenseite zu zeigen.

Langsam geht ihm dieser Gast auf die Nerven. Matti hat das Olvi noch nicht mal angerührt, und Gregori hat mächtigen Durst. Beherzt umfaßt er den schlanken Flaschenhals und kippt sich die Hälfte des Inhalts in den Rachen. Ihm wird langsam wohler, aber das Zusammensein mit seinem Gast erweist sich als recht einseitige Angelegenheit; er sagt kein Wort, auch wenn er angesprochen wird, und läßt, ohne zu fragen, die Asche auf den Wollteppich fallen, in den Hund Peni einmal eingewickelt wurde, als er krank war. Gregori erinnert sich an dessen qualvolles Weinen, und in seiner Kehle wird es tückisch eng, überschüssiges Naß steigt ihm in die Augen.

Der an der Decke schwebende Matti ist ein vollkommener Ehrenmann; Gregori hat allein *Schatten im Paradies* viele Male gesehen und dabei reichlich Tränen vergossen, und einen mit Matti vergleichbaren Filmstar hat die Welt noch nicht gesehen. Er will seinem Gast die nicht mehr volle Flasche reichen. Aber nein. Und Gregori trinkt, ein angenehmes Kichern strömt in seinen Hinterkopf, er lächelt und traut sich bereits, ihn zu duzen: Hör mal, Matti, erzähl doch …

Aber da passiert etwas vollkommen Unerwartetes: Anstatt überheblich an Gregori vorbeizuschauen, sieht Matti ihm tief in die Augen und fängt an, sich den Hals frei zu räuspern. Und Gregori weiß, daß er jetzt diese unsterblichen Worte von jenseits des Grabes wird vernehmen dürfen, und um besser hören zu können, erhebt er sich und stellt sich aufs Bett. Steht sogar auf Zehenspitzen, mit einer Flasche in jeder Hand blickt er in die Höhe. Und als würde die Luft im Zimmer auf einmal leichter werden und das Atmen einfacher, schwebt auch Gregori leise nach oben.

Seine Zehen zappeln in der Luft, sein Körper wird zu einem Teil des Raums zwischen Boden und Decke. Die Männer nehmen sich gegenseitig, auf gleicher Höhe schwebend, in Augenschein, und Gregori ist kaum verlegen, vielmehr ist ihm beinahe so, als herrsche Gleichheit zwischen ihnen. Er versucht, eine Haltung einzunehmen, die ihm das Zuhören so bequem wie möglich macht. Gerade als Matti seinen Mund öffnet, um zu sprechen, wird Gregoris Kehle von einem Brennen befallen, und ganz schnell und verstohlen schüttet er die letzten Tropfen aus der zweiten Flasche hinunter, ohne jedoch den Blick von Matti abzuwenden.

Und das war sie also, die entscheidende falsche Bewegung. Ehe Gregori auch nur ein einziges Wort aus dem Mund des Gastes hören kann, dreht sich das Zimmer einmal um und auf den Kopf; statt an der Decke zu schweben, liegt Gregori plötzlich am Boden, und sein Rücken schmerzt, ein Fluch entweicht seinen Lippen, doch immerhin konnte kein Bier mehr verschüttet werden. Gregori seufzt vor Erleichterung und späht erneut nach oben: Matti ist verschwunden. Nirgends eine Spur von ihm. Eine glänzende Gelegenheit ist hier an Gregori vorübergegangen.

Zur gleichen Zeit jedoch träumte auf der anderen Seite der Wand Anerma Kätkyt einen gescheckten Traum von der alten Kuh Mansikki, die zwar schon tot war, sich aber auf diesem Umweg ihrer treuen Herrin näherte, welche beglückt erwachte, um Hefeteilchen zu backen, außer zur eigenen auch zur Freude des verkaterten Nachbarn Gregori, und eine Hochzeitsfeier ist keineswegs ausgeschlossen, wenn erst die entsetzlichen Auswirkungen des Untiers Alkohol im Kopfe des Mannes endgültig ausgerottet sind.

Ärger mit der Heizung

Ich ging quer durch die Kneipe und war mir jedes einzelnen Schrittes bewußt und der Blicke der Menschen, die sich nach mir umdrehten. Der enge Rock rieb beim Gehen ein bißchen gegen meine Schenkel und schob sich höher, als ich mich auf den Barhocker an der Theke setzte. Unbekümmert schlug ich ein Bein übers andere und wollte mir eine Zigarette anzünden. Mit meinem Feuerzeug war etwas nicht in Ordnung, aber ich kam gar nicht dazu, ratlos aufzuschauen, da eine flinke Hand mir schon die Flamme vors Gesicht hielt. Ich sah den Spender nicht an, ehe ich nicht andächtig ein paar Züge inhaliert und eine Haarsträhne von meiner erröteten Wange gestrichen hatte. Vor mir stand ein blonder Mann um die dreißig, leicht pockennarbig, äußerst gepflegt. Meine Aufmerksamkeit wurde durch seinen festen Blick gefesselt, den der Alkohol noch nicht getrübt hatte. Es ging auf eins zu, ich versuchte ein sanftes und zugleich mystisches Lächeln, als wüßte ich mehr.

Das schwarze Leder ließ mich luxuriös versinken, als ich mich auf das Sofa des Mannes setzte, um auf die Margaritas zu warten.

– Einfach Jartsa, Diplom-Ingenieur; ich hab absolut keine Lust mehr auf Kitsch, weißt du. Du siehst so aus, als würdest du das verstehen. Komm, ich zeig dir meinen Billardtisch, das hat was Dekadentes, weißt du.

Im Bett streichelte dieser Jartsa meinen Bauch mit professionellen Handgriffen, drückte meine Brustwarzen, kriegte sie hart. Warum mußte ich ausgerechnet jetzt an den Heizkörper bei mir zu Hause denken? Der ist kaputt und gibt immer mal wieder eine irritierende Wärme ab, so daß ich schwitze, obwohl ich in Unterwäsche herumlaufe.

Der Mann glitt auf mich und stöhnte etwas in mein Ohr, und aus irgendeinem Grund fragte ich mit unnatürlich lauter Stimme: Was? und ließ ihn damit für einen Augenblick erstarren. Als er in mich eindrang, dachte ich daran, wie ich nachts manchmal mit klappernden Zähnen aufwache, wenn die Heizung wieder mitten im tiefsten Winter aufgehört hat zu heizen, und wie lange es dann dauert, bis meine Glieder nicht mehr taub vor Kälte sind. Ich dachte auch an meine Zimmerpflanzen und überlegte, ob man die zwei Pickel auf meiner Stirn wohl sehen konnte oder ob der Puder so wirkungsvoll war, wie die Verkäuferin versprochen hatte.

Ich mochte die Pockennarben von diesem Jartsa, sie machten ihn auf gewisse Weise menschlich. Als er aufgehört hatte und neben mir auf den Rücken plumpste, seufzte ich genießerisch und flüsterte: Das war wundervoll. Der Mann gab keine Antwort, und da kam mir etwas in den Sinn.

Bei der Arbeit lief alles nach Plan. Man war zufrieden mit mir, sogar Pirkko Liimatainen, weil mir in der Kaffeepause auffiel, daß das Lila in ihrem Haar neu war. Pirkko lächelte verstohlen hinter ihrer Tasse und spiegelte sich in der Gefriertruhenscheibe, als sie glaubte, keiner sähe es.

Nach der Arbeit lief ich in der Stadt herum, und mein rechter Knöchel wurde bei jedem Schritt schmerzhaft überdehnt, der Absatz war einen Zentimeter kürzer als der andere. Wankend irrte ich von einem Häuserblock zum nächsten und hatte schon vergessen, wohin ich wollte. Als ich dachte, ich hätte einen alten Bekannten entdeckt, sah ich über die Schulter zurück und lief fast gegen eine Ziegelwand. Eine Weile betrachtete ich die Wand aus der Nähe, sie war hoch und rauh. Ich mußte kräftig den Kopf schütteln, damit die Welt vor mir wieder klar wurde.

Samstag war Backtag. Ich holte Mamas altes Kuchenrezept hervor und mischte die Zutaten genau nach den Anweisungen. Der Teig wurde trotzdem nur klebriger Brei, der meine Hände zäh umschloß, meine Finger blieben tief darin stecken, und bald bekam ich sie überhaupt nicht mehr aus der Schüssel. Als das Telefon klingelte, stand ich mit der festgewachsenen Teigschüssel daneben und erwog verschiedene Handlungsmöglichkeiten. Der Anrufbeantworter sprang an, doch der Anrufer mußte falsch verbunden sein; ein unbekannter Mann legte in anklagendem Ton seine Forderungen dar. Abends hatte ich Lust auf Kino und landete in einer gewalttätigen Mafiastory, in der ein honigblonder Lockvogel alle ringsherum lechzenden schwarzgekleideten Männer verführte. Ich gähnte die ganze Zeit, aber als ich herauskam, war ich letztlich mit meiner Wahl zufrieden.

Sex und Crime auf der Leinwand lassen mich immer sehr sinnlich werden. Also beschloß ich, wieder einmal meine Stammkneipe anzusteuern, wirklich nur auf ein Pils. Das nächste, so wußte ich, würde schon Seppo oder Jukkis oder Jartsa spendieren.

Auf dem Klo stieß ich fast mit einer umwerfenden Brünetten zusammen, einer Frau von der Sorte, nach der sich Männer wie Frauen umdrehen. Ihr Haar floß ebenholzfarben an ihr herab; sie war haltlos betrunken und bejammerte ihren kaputten Strumpf. Ich sah mir die Stelle an ihrem schwarzseiden umhüllten Bein an, und tatsächlich: Eine niederträchtige Laufmasche begann genau über dem Knie und führte bis zu ihrem grazilen Knöchel. Die Frau stützte sich lässig an meiner Schulter ab und umfaßte plötzlich meine Kehle. Ich dachte, sie wollte mich umbringen, doch im selben Augenblick drückte sie ihre Lippen fest auf meinen Mund. Ehe ich überhaupt reagieren konnte, löste sie ihren Griff, murmelte etwas und stolperte hinaus. Einen Moment lang stand ich einfach da und vergaß, aufs Klo zu gehen. Statt dessen marschierte ich mit gewaschenen Händen zurück zu Tapsas Tisch. Tapsa hatte reichlich Gel im Haar.

Ich sagte bald gute Nacht und berief mich auf Ellinoora, die zu Hause auf mich wartete. Aus irgendeinem Grund glauben Männer einem sofort, wenn man dem, was einen nach Hause zieht, einen Namen gibt. Früher erwähnte ich die Katze, die gefüttert werden mußte, danach verlegte ich mich auf einen wütenden Dobermann. Aber Ellinoora, die energiegeladene, auf ihre Mama wartende Erstkläßlerin, trägt eindeutig den Sieg davon. Das Schielen zur Uhr geht spätestens dann los, wenn ich aus meinem Portemonnaie den Zeitungsausschnitt von einem bebrillten Mädchen krame, das in die Kamera starrt, als wolle es Fotograf samt Kamera verschlingen.

– Wirklich süß. Sieht nach dir aus, aber ich muß jetzt echt mal langsam, wir können ja telefonieren.

Ich habe ernsthaft angefangen, eine Beziehung zu diesem Kind auf dem Bild aufzubauen, mir sein Leben mit mir auszumalen und wie es am fünften Geburtstag oder mit der ersten Brille ausgesehen haben mag. Manchmal denke ich, daß Ellinoora tatsächlich mit ihren Hausaufgaben auf mich wartet und mir in der Diele entgegenkommt. Ich stelle sogar eine eindeutige Ähnlichkeit zwischen mir und dem Bild fest und empfinde mich nicht mehr wirklich als Lügnerin, wenn ich erzähle, daß ich meine Tochter sehr liebe.

Dieser Tapsa war jedoch anders geartet. Er wollte unbedingt mitkommen, wo ich nun mal nicht zu ihm konnte, er liebte Kinder und hatte in der Tat selbst einen Sohn im Pubertätsalter, Sami. Ich schrie schließlich: Ich hab kein Interesse, kapierst du das nicht ... Er kapierte es.

Von der Brünetten war keine Spur zu sehen, obwohl ich in nahezu jeder freien Minute in meiner Stammkneipe auf der Lauer lag. Um mich nicht zu langweilen und Störenfriede fernzuhalten, brachte ich Zeitungen mit. Ich aß Knabberkram zu leichtem Wein und übte mich in einem schnellen Rundblick, der auch die dunkelsten Ecken erreichte und alle Kneipenbesucher gründlich unter die Lupe nahm.

Am Mittwoch saß ich erneut in meiner Ecke, die Beine übereinandergeschlagen, gerade mit einer Pfifferlingspirogge beschäftigt, die Gabel in der Luft, denn in der Zeitung stand wirklich mal ein interessanter Artikel. Über eine neue Theaterform, bei der die Schauspieler gar nicht auf der Bühne in Erscheinung traten; statt dessen sollten sich die Zuschauer ausdenken, wie die jeweiligen Schauspieler im Falle einer Aufführung ausgesehen hätten, und anschließend stellte ein Teil der Zuschauer dem anderen seine Interpretation vor. Ich riß den Artikel säuberlich aus und steckte ihn in meine Tasche. Dabei überlegte ich, was die Welt alles Aufregendes zu bieten hatte, und war sogar einen Moment drauf und dran, meine hinreißende Brünette zu vergessen. Als ich begriff, daß sie vor mir stand, hob ich den Blick und spulte mechanisch die Sätze ab, die ich für diese Situation reserviert hatte.

Die Brünette räusperte sich schmunzelnd, reichte mir ihre Hand, und ich griff zu.

Draußen regnete es heftig wie im Film, die dünnen Blusen klebten an unseren Brüsten, und unsere Schritte wurden immer schneller, je näher wir meiner Wohnung kamen. Wir warfen einander verstohlene Blicke zu, und ich merkte, daß sie noch umwerfender war als in meiner Erinnerung.

– Du bist umwerfend, murmelte ich, als sie mich in eine feuchte Umarmung schloß. Sie stellte sich mir vor: Kaarina.

Ihre Brustwarzen waren zwei Rosinen in einem herrlichen Buttergebäck, ich mußte sie berühren. Ich umfaßte sie mit meinen Händen und hörte, wie Kaarina aufseufzte, sie verdrehte ihre Augen und griff heftig in meine Haare. Ich preßte meinen Kopf in ihren Schoß, und wir formten eine schwere Schaukel, die sich hob und wieder senkte; lange schaukelten wir ineinander verschlungen, und ich konnte nicht mehr unterscheiden, was sie war und was ich. Kaarina riß an meinen Haaren, warf sich wie von Sinnen über mich und stieß ein durchdringendes Wimmern aus. Erst erschrak ich, doch dann nahm sie mein Gesicht in ihre Hände und sah mich an. Unser Lächeln war eins. Die Zeit änderte ihre Daseinsform, und wir schwebten hoch über rotgeränderten Wolken.

Kaarina lag neben mir in meinen Seidenlaken, und beide rochen wir nach Schweiß. Ich war unruhig, weil ich nicht wußte, was sie über mich dachte, und weil ich wußte, was ich über sie dachte. Kaarina, eine dunkelhaarige, verschwitzte Nymphe, räkelte sich neben mir. Die Haare breiteten sich zu einem glänzenden Bogen um ihren Kopf aus, zum Glück verstand sie es rechtzeitig, meinen Hals wieder zu umklammern und ihren Mund auf meinen zu pressen. Ich fühlte, wie die blauen Flecke an meinem Hals wuchsen.

Unsere Beziehung festigte sich schnell, wir gingen zusammen ins Kino und in die Restaurants in unserer Gegend, und nach einer Weile zogen Kaarina und ihre Sachen bei mir ein. Ihr Geschmack war das komplette Gegenteil von meinem, das Plüschsofa füllte das ganze Wohnzimmer, und die lila Gardinen verdunkelten die Schlafnische. Aber ich liebte diese Dinge leidenschaftlich, denn sie waren wie Kaarina, die mit hochgelegten Beinen auf dem Balkon lümmelte und Calvados nippte. Ich belauerte hinter der Glastür ihre süßen Formen und begann zu joggen und teureres Parfüm zu kaufen.

– Du bevorzugst wohl neuerdings Polohemden, bekam ich in den folgenden Wochen von vielen Seiten zu hören. Auf der Arbeit platzte Pirkko Liimatainen absichtlich zur gleichen Zeit in die Umkleide und starrte schamlos auf meine blauen Flecke. Ich schenkte ihr mein schönstes Lächeln, und zu meiner Überraschung lächelte sie zurück.

– Mein Mann schlägt mich auch, sagte Pirkko. Sie warf einen schiefen Blick auf meinen Hals. – Hör mal, wenn ich vielleicht ... na ja, unfreundlich zu dir gewesen sein sollte, irgendwann, dann bitte ich dich jetzt einfach ganz direkt ... also, kann ich dir vielleicht ein Täßchen Kaffee anbieten?

Ich hatte alle Backbücher verworfen und für Kaarina und mich einen riesigen Schokoladenkuchen gekauft, den ich mit ihr im Kerzenlicht essen wollte, einfach, weil alles so gut war. Kaarina kam nach Hause, knallte die Wohnungstür hinter sich zu, daß die Scheiben klirrten, stürzte mitten ins Wohnzimmer und schrie los. Ich starrte sie an, wie sie mit den Armen fuchtelte und ihre verfilzten schwarzen Locken schleuderte.

– Was willst du von mir, schrie sie, wen willst du eigentlich betrügen, ich gehör hier doch gar nicht her zu deinen zuckersüßen Cremetorten, jawohl! Ich bin eine erwachsene Frau, das Leben ist eine einzige Qual, und du bist das Fürchterlichste, das mir je passiert ist, verstehst du, ich ersticke, ich brech zusammen!

Und sie rannte auf den Balkon, als wollte sie springen, drehte sich dann aber um und stürzte zur Tür hinaus. Wieder klirrten die Scheiben. Ich merkte, wie ich mich fragte: Cremetorten?

Ich gönnte mir den halben Kuchen allein und guckte ein Fernsehquiz nach dem anderen. Als der Spielfilm schließlich anfing, kam Kaarina zurück und kuschelte sich neben mir ins Sofa. Ich spürte ihren Blick durch ihre Haarwand hindurch, himmelte aber weiter Clint Eastwood an, der mit geübten Handgriffen eine schwere Waffe bediente. Die Wohnung war wieder der reinste Ofen, die Heizung gab ihr Bestes, und mein Unterhemd klebte mir am Rücken. Da streckte Kaarina ihre Hand nach mir aus, wir machten erotische Spielchen mit dem Schokoladenkuchen, am Ende waren wir von oben bis unten braun beschmiert und sanken ermattet ins gemeinsame Badewasser.

Auf meinem Anrufbeantworter war eine seltsame Nachricht aufgetaucht. Durch das Rauschen und Knistern vernahm ich einzelne Wortfetzen, eine Männerstimme, die ich nicht erkannte.

– Schnell ... es ist keine Zeit ... das ist deine Schuld.

Und nach einer Art Jaulen: Dies ist jetzt deine letzte Chance, Outi.

Ich hörte mir die Nachricht ein paarmal an, doch weil ich nicht schlau daraus wurde und weil ich nicht Outi hieß, beschloß ich, die Sache zu vergessen.

Donnerstag war mein freier Tag, und ich stand im Kinofoyer und blätterte im Programm. Von Kaarina weit und breit nichts zu sehen, sie war schon vierzig Minuten zu spät und würde nicht mehr kommen, das wußte ich bereits. Im größten Saal lief *Das tödliche Band der Rache*: Eine Familie wird von einer Katastrophe bedroht, aber der Tod von lediglich achtzehn Außenstehenden reicht schließlich aus, um sie zu retten. Früher hätte ich mich automatisch für diesen Film entschieden, aber mittlerweile wanderten meine Augen lieber über die Leinwände kleinerer Säle. Schließlich landete ich in einem französischen Kammerspiel, einem, bei dem man sich als Zuschauer nicht allein fühlt und das Leben für kurze Zeit bedeutungsvoll finden kann. Ich saß da auf meinem rötlichen Samtsitz, außer mir waren nur noch eine alte Frau im Saal und aus irgendeinem Grund ein junger Mann. Ohne einen Mucks sahen wir uns alle drei den Film samt Nachspann an, niemand raschelte oder trampelte herum. Als das Licht wieder anging, standen wir gleichzeitig auf, und ich merkte, daß der Mann geweint hatte.

Draußen auf der Straße badete sich die Welt mit solch einer Inbrunst im Frühling, daß ich mich in dem gleißenden Bild als Störenfried empfand. Mein Schatten war kurz, meine Haare elektrisch aufgeladen. Der junge Mann aus dem Kino stand an der Straßenbahnhaltestelle, auch seine Haare standen rührend vom Kopf ab. Mir fiel auf, daß er noch immer in der Filmwelt lebte:

Auf seinen Lippen lag ein träumerisches Lächeln, das ich als mein eigenes aus alten Zeiten erkannte. Ich blieb neben ihm stehen und bot Salmiakpastillen an. Der Mann drückte Zeigefinger und Daumen in die kleine Packung und sah mich aufmerksam an, genau diese Ewigkeit lang, die man braucht, um eine Pastille herauszufingern.

Ich nahm nicht die Straßenbahn, sondern ging quer durch den Park zu Fuß nach Hause. Über mir blitzten die Knospen der Bäume, ich hatte Lust, mich auf die grüne Bank zu setzen. Dort zog ich die engen Schuhe aus und wackelte mit den Zehen in der Luft. Die kräftigen Naturgerüche und das Rauschen der Bäume erfüllten mich mit einer drückenden Unruhe; eine seltsame Wehmut lastete auf meiner Brust, während ich da auf der Bank saß. Ich bin kein sportlicher Mensch, dachte ich, als eine agile Frau in rotem Trainingsanzug vorbeijoggte.

Auf der Arbeit ging es drunter und drüber, ein beachtlicher Kassenfehler war aufgetreten, und der Betrug wurde Pirkko Liimatainen angelastet. Alle wurden verhört, das Klima drohte Pirkko zu erdrücken. Bei der Befragung erzählte ich alles über Pirkkos widersprüchliches Verhalten, ihren ständigen Feldwebelton und den plötzlichen und seltsamen Sinneswandel mir gegenüber.

– Pirkko hat es schwer gehabt, versteht ihr, aber sie war es nicht. Ich habe das Geld unterschlagen.

Bestimmt hätte man mir geglaubt und mich zur Rechenschaft gezogen, doch genau zu diesem Zeitpunkt stellte sich das Ganze als Computerfehler heraus, nichts war abhanden gekommen, und vor meinen Arbeitskollegen stand ich nun ganz schön seltsam da. Ich versuchte, die Angelegenheit mit einer momentanen Verwirrtheit abzutun, fühlte aber die Blicke der anderen in meinem

Rücken – und auf meinem Hals. Die Polohemden und bunten Halstücher ließ ich mittlerweile weg. Die blauen Abdrücke von Kaarinas Fingern waren für alle sichtbar und rührten wiederum Pirkko. Zum Zeichen unserer Freundschaft hielten wir ein Kaffeekränzchen. Der grünliche Farbton in ihrem Haar stand ihr gut, und ich sagte es ihr.

– ... und vor meinen Arbeitskollegen stehe ich jetzt ganz schön seltsam da, beendete ich meine Erzählung. Kaarina saß mir gegenüber und verdrehte die Augen. Sie hielt eine Tasse mit Kräutertee in den Händen und ließ ihre Finger langsam über das Porzellan gleiten. Ich hatte sie schließlich doch dazu gebracht, zur AA-Gruppe zu gehen, die Resultate wurden bereits sichtbar. Ihre Zwangsvorstellungen, Wutanfälle und Depressionen hatten sich in Einfühlsamkeit und Beziehungsfähigkeit verwandelt.

– Was ist denn da bloß in dich gefahren! Und was ist das überhaupt für eine komische Person, diese Pirkko. Du erzählst ja von nichts anderem mehr. Ich allerdings komm auch ziemlich gut an, wenn du wüßtest. Bei den Anonymen Alkoholikern ...

Auf einmal hatte ich genug. So nicht! Im selben Moment erinnerte ich mich an die seltsame Nachricht auf dem Anrufbeantworter. Vielleicht war sie ja doch für mich bestimmt. Die letzte Chance, von der die Rede war.

Ohne Umschweife stand ich auf, die Hände in den Hüften, fest auf meinen eigenen Beinen. Kaarina sah mich erschrocken und zugleich bewundernd an. In ihren grünen Augen leuchtete ein Anflug von Leidenschaft auf, der in Verzweiflung und schließlich in Verbitterung umschlug. Ihr Mienenspiel änderte sich so schnell, daß ich mich beim Bewundern einer solchen Ausdruckskraft beinahe selbst vergaß. Mit einem Seitenblick prüfte ich mein Bild im großen Spiegel; ich strahlte gleichzeitig Entschlußkraft und Sex-Appeal aus. Ich verlagerte mein Gewicht von einem Bein aufs andere, und der Rock hob sich ein wenig. Kaarinas Lieblingsrock, der schon ziemlich abgetragen war. Außerdem merkte ich, daß mein Lippenstift am linken Mundwinkel ein winziges bißchen verwischt war. Ich fuhr mit dem Handrücken über den Mund, so daß das Rot über die gesamte Wange schmierte. Mir fiel ein, daß Jartsa gerade diesen Rotton in meinem Gesicht gemocht hatte, er erinnerte ihn an sehnsuchtsvolle Jugendzeiten. Dann öffnete ich den Verschluß an meinem Rock und zerrte ihn mir mit einer heftigen Bewegung vom Leib. Vor Kaarinas weit aufgerissenen Augen griff ich nach einem Feuerzeug und versuchte, den Kunststoff in Brand zu setzen. Kaarina schrie kurz auf, ehe das Feuerzeug endlich funktionierte, und im Schein der fröhlich lodernden Flammen sahen wir einander an. Ich kippte den Kräutertee über die qualmenden Überreste.

Nachdem sich Kaarina im Klo eingeschlossen hatte, sah ich mich in der Wohnung um. Die massive Kommode, die mir meine Mutter vor Jahren aufgedrängt hatte, war mir immer schon ein Dorn im Auge gewesen. Die Schubladen gingen ohne Quietschen nicht auf, und der Lack roch seltsam. Ich beschloß, die Kommode dazuzustellen, wenn Kaarinas Sachen abgeholt wurden. Ohne zu zögern, sagte ich meiner Mutter am Telefon Bescheid und wartete keinerlei Einwände ab. Sie klang verdutzt.

Als wir ihre Sachen beisammen hatten, brachte ich Kaarina zum Taxi, dessen Fahrer sich beim Anblick der dunkelhaarigen Nymphe verschluckte. Vor Nervosität kam er nicht rechtzeitig aus dem Auto, wir hatten die Taschen schon im Kofferraum verstaut und uns zum Abschied geküßt.

– Du bist noch immer umwerfend, flüsterte ich, als sie sich auf die Rückbank setzte. Mit einer fließenden Bewegung zog sie ihre Beine ins Auto, und ich schloß die Tür. Kaarina kurbelte die Scheibe herunter und reichte mir noch einmal ihre weiße Hand.

Zu Hause öffnete ich eine Rotweinflasche, legte mich in die Badewanne und ließ sie randvoll mit sprudelndem Wasser laufen. Gerade da klingelte das Telefon. Ich reckte mich in Richtung Tür, schubste sie auf und spitzte die Ohren. Nach dem vierten Klingeln ertönten mit lieblicher Stimme meine Danksagungen und Aufforderungen und anschließend, nach einem kurzen Moment der Stille, die bekannte tiefe Stimme: Wach auf! Hörst du mich, Outi? Das Leben ist in deiner Hand! Ich sage das nur zu deinem eigenen Besten.

Ich ließ meine Haut vom Schaum liebkosen und blies gedankenverloren ein paar Seifenblasen. In unterschiedlichen Größen schwebten sie regenbogenfarben umher und zerplatzten eine nach der anderen. Der Rotwein schmeckte herrlich, ich war schlapp, und verschiedene Wörter kamen mir in den Sinn. Biologische Uhr. Ellinoora. Naturverbundene Harmonie, glückliches Leben, letzte Chance, pluralistische Gesellschaft, zunehmender Traditionsverlust. Als ich sie eine Zeitlang im Kopf hin und her gewendet hatte, prostete ich mir zu und beschloß, alle zu verwerfen bis auf zwei.

Riitta

Riitta hatte auf keinem Gebiet eine besondere Begabung, kam aber mit Holzarbeiten gut zurecht. Mit dreizehn erhielt sie eine lobende Erwähnung beim Schreibwettbewerb zum Thema »Heimische Vögel«. Sie ging aufs Gymnasium, weil Sanna ging, gehörte zum Klassendurchschnitt und wurde häufig mit ihrer Tischnachbarin Riina verwechselt, die auch blonde Haare und runde Apfelbäckchen hatte.

Riitta brach die Schule ab, und ihre Mutter erlitt einen Nervenzusammenbruch. Riitta dachte, das Leben sei schon die beste Schule. Sie kam an die Kasse im Supermarkt um die Ecke, die Arbeit war langweilig. Riitta schaffte es nicht, sich lange zu konzentrieren, machte Flüchtigkeitsfehler und wurde bei einem beachtlichen Fehlbetrag ertappt. Der Arbeitgeber beschloß, ihr noch eine Chance zu geben. Riitta nutzte das aus, ließ die Essenskasse der Kollegen mitgehen und blieb dem Laden endgültig fern. Man telefonierte ihr hinterher, denn ihre Mutter war Stammkundin und sehr beliebt. Riitta gingen die Anrufe langsam auf die Nerven, und sie gab zu verstehen, der Supermarkt könne sie mal.

Sie zog in eine dunkle Einzimmerwohnung und schleppte eine Matratze und einen großen Fernseher dorthin. Sie gammelte im Stadtzentrum auf der Straße herum, kaute Kaugummi und ähnelte allmählich denen, die ins Abseits geraten waren. Da kam ihr ein Mann im teuren Anzug entgegen, schöne Grübchen, und bat sie zu Werbeaufnahmen ins Studio, denn Riitta hatte natürliches Charisma. Sie überlegte einen Moment. Sie war auf dem Weg in ihr Lieblingscafé, auf einen Tee mit Hefegebäck wie jeden Tag, und Hunger hatte sie auch.

Die Grübchen gaben den Ausschlag, und so saß Riitta den ganzen Tag im Studio. Sie sah in jeder Hinsicht gewöhnlich aus, aber ihr natürliches Charisma hätte ihr bis zum Jahresende Arbeit verschafft. Der Grübchenmann wieselte um sie herum, ging ihr ordentlich auf die Nerven und reichte ihr einen Vertrag zur Unterschrift, doch die Werbewelt kam ihr ermüdend vor, und auch die Bewirtung stimmte einfach nicht. Hungrig und mit ihrer Geduld am Ende machte Riitta die Bürotür hinter sich zu. Ein Rudel hechelnder Werbemänner war ihr auf den Fersen, die sie beim besten Willen nicht verstanden. Schließlich mußte sie einem allzu Eifrigen gegen das Schienbein treten, um ins Café zu gelangen. Anstelle des Hefegebäcks bestellte sie ein saftiges Minutensteak mit Pommes und ließ sich sogar noch eine große Portion Erdbeereis schmecken.

Als Riitta zum Entenfüttern in den Park unterwegs war, kam ihr ein Junge entgegen, der sie noch von der Grundschule kannte, und wollte über alte Zeiten reden. Riitta konnte sich weiß Gott nicht erinnern, was für alte Zeiten sie mit diesem Jungen gemeinsam haben sollte, aber er war hartnäckig und spendierte ihr einen Hamburger. Sie gingen am Meer spazieren, der Junge redete eine Menge, jetzt fiel Riitta auch der Name wieder ein. Timo hatte am Nachbartisch gesessen und ihre Schultasche tragen wollen. Von ihm hatte Riitta bei allen Arbeiten abgeschrieben. Deshalb meinte sie, ihm etwas schuldig zu sein, und ließ sich an der Haustür küssen.

Rund einen Monat lang hatten sie Verabredungen, auf Wunsch von Riitta donnerstags, weil das der einzige Tag war, an dem die Gameshow nicht kam. Sie konnte sich trotzdem nicht auf Timos Geschichten konzentrieren, die sich um seine Familie, Nokia und irgend etwas mit Tontechnik drehten. Timo rief noch lange an und schrieb sogar drei Briefe, in denen von Entscheidungen fürs Leben und Beschlüssen die Rede war. Riitta begann schrecklich müde zu werden. Sie nahm ein heißes Bad und ging nicht ans Telefon.

Ihre Mutter schickte Broschüren über verschiedene Ausbildungsmöglichkeiten. Riitta lernte schnell, die Post zu sortieren und Unnötiges in den Müll zu werfen. Sie mochte das Mittagsquiz und die Fantasiekreation bei DeinePizza, bei der sie immer Salami, Shrimps und doppelten Käsebelag wählte. Trotzdem nahm Riitta nicht zu: der gute Stoffwechsel, vom Vater geerbt. Zum Glück hörte Timo auf anzurufen, der letzte Brief war wirklich bitter.

Als DeinePizza weiter wegzog, wechselte Riitta zu PizzaTaxi, dessen Lieferant sich bei ihrem Anblick fast verschluckte. Man tauschte Telefonnummern aus, obwohl Riitta nicht verstand, weshalb. Die Salami war bei PizzaTaxi saftiger, aber es gab weniger Käse.

Bei so vielen Gewinnspielen mußte man zwangsläufig mal gewinnen. Riitta bekam es einfach nicht hin, ihre Preise von der Post zu holen, auch die Stereoanlage nahm sie nicht entgegen. Schließlich holte Samppa von PizzaTaxi die Anlage, stellte sie auf und bekam von Riitta zur Belohnung einen Kuß. Samppa war ein guter Küsser und durfte zur Gameshow auf Riittas Sofa bleiben. Beim Küssen vergaßen sie beinahe die Ziehung der Lottozahlen, aber zum Glück kapierte Samppa rechtzeitig: Der Hauptgewinn, Scheiße noch mal!

– Jetzt aber ab in den Süden, ein Boot und eine neue Wohnung, ereiferte sich Samppa, den Riitta kaum kannte, dessen tastenden Pranken sie aber nichts entgegenzusetzen hatte. Das Preisgeld wurde geteilt, Riitta mochte nicht streiten, blieben ihr doch immer noch zweieinhalb Millionen. Der Gedanke an eine derartige Summe raubte ihr jegliche Kraft, aber Mutter und Vater sowie Stiefbruder Marko halfen bei ihrer Aufteilung. Von Marko hatte Riitta noch gar nichts gehört.

Mutter wurde aus dem Sanatorium entlassen, schaffte sich ein Heimsolarium an und einen jüngeren Mann, Jaska. Riittas Freundin vom Gymnasium, Sanna, rief nach langer Zeit wieder einmal an, hatte einen Abschluß in zwei Studienfächern und war das zweite Jahr arbeitslos. Und schwanger, sie brauchte Geld für Kinderkleidung.

Riitta konnte Banken und Bankautomaten nicht ausstehen, und so hob sie von Mal zu Mal größere Summen ab und bewahrte sie im Blumenkasten auf der Fensterbank auf. Einmal hatte sich Riitta ein bißchen zuviel Bier gegönnt. Als sie ein Geldbündel aus dem Kasten kramen wollte, taumelte sie und suchte am Fensterrahmen Halt: Fünftausend Finnmark segelten in Zwanzigmarkscheinen auf die Straße hinunter. Riitta ärgerte sich einen Augenblick, weil sie am nächsten Morgen unweigerlich wieder zur Bank mußte, wenn sie eine Pizza zum Frühstück wollte. Sie spähte aus dem Fenster und zog einen Schmollmund. Unten drehte gerade ein großer Fernsehsender einen Kurzbeitrag über Obdachlose. Als die Scheine auf die Köpfe der Leute regneten, zoomten die Kameras sofort auf Riitta. Viele erkannten in ihr die junge Lottomillionärin.

Sie wurde interviewt, und irgendein Mütterchen mit tränennassem Blick sprach viel von ihrer Großzügigkeit. Riitta gähnte, zuckte mit den Schultern und gähnte wieder. Am Ende ernannte der Redakteur Riitta zur Wohltäterin des Jahres, und am nächsten Tag drohten die Telefonleitungen zu verstopfen. Sie zog das Kabel aus der Wand, aber Nokia-Vertreter wollten der ganzen Familie kostenlose Handys schenken unter der Bedingung, daß Riitta in mindestens einer Werbung als Model posierte. Auf dem Bild machte Riitta mit einer Hand das Victory-Zeichen, mit der anderen schüttelte sie die Hand des Nokia-Chefs. Er hatte einen schlaffen Händedruck und übelriechenden Atem, doch Riitta lächelte während der ganzen Aufnahme tapfer.

Neue kapitalkräftige Verträge wurden ihr angeboten, und Riitta unterschrieb das eine oder andere Papier nur, um endlich nach Hause gehen und schlafen zu können. Als der Redakteur fragte, was die junge Riitta nach der Vermehrung ihrer Millionen nun mit all den vielen neuen Möglichkeiten machen wolle, bemerkte sie: Einen Scheiß werd ich damit machen.

Arbeitstag

Gestern noch hatte es sich anders angefühlt. Die Lampe leuchtete hell, ein blaues Hundemaskottchen baumelte von ihr herab. Die Stifte lagen aufgereiht an ihrem Platz. Er blätterte sich durch wichtige Papiere und erledigte ein paar dringende Anrufe. Bis vier Uhr mußte die Bestellung erledigt sein.

Er ging den Flur hinunter und begrüßte einen bärtigen Kollegen. Der erzählte von einem Filmfestival, das er am Wochenende besucht hatte. Erst hatte es dauernd geregnet, doch dann war es noch zu einem richtigen Temperaturrekord gekommen. Ein neunzigjähriger Regisseur hatte ständig irgendwelche Frauen gekniffen. Der Kollege lachte und strich sich durch den Bart.

Am Ende des Flurs wußte er nicht mehr, weshalb er sein Büro verlassen hatte. Er ging zurück, setzte sich und betrachtete das Hundemaskottchen. Es war aus blauem Samt, hatte eine rote Zunge und schaukelte leise. Er betrachtete sich im Taschenspiegel, sein Gesicht sah gleichzeitig jung und alt aus. Was hatte er letztes Jahr um diese Zeit getan? Damals war alles anders gewesen, doch er konnte nicht sagen, wie. Er hatte den Rasen gemäht. Nein, das war letzte Woche. Am Dienstag hatte er den Rasen gemäht, und das Gras hatte würzig geduftet. Aber letztes Jahr war der Garten mit Gras überwuchert gewesen, denn für Gartenpflege hatte er keine Zeit gehabt.

Das Bestellformular aus dem zweiten Stock, fiel ihm ein, und er ging wieder auf den Flur hinaus. Er lächelte der Frau zu, die ihm im Treppenhaus mit gerundetem Bauch Stufe für Stufe entgegenkam.

– Ist es bald soweit? fragte er, und die Frau stöhnte: Jeden Augenblick. Sie klang glücklich. Er hielt der Frau die Tür auf und stellte sich vor, wie es wäre, selbst ein Kind zu bekommen.

– Vorher war ich nur ein halber Mensch, hatte ein Bekannter nach der Geburt seines Kindes geäußert. Sie hatten bei einem Dorffest nebeneinander auf der Gartenschaukel gesessen. Der Bekannte hatte zu schaukeln aufgehört und ihn vertrauensvoll angesehen.

Nachmittags kam ihm der Gedanke, sich vor Feierabend noch ein Täßchen Kaffee von unten zu holen und anschließend zu Fuß durch den Park nach Hause zu gehen. Seine Haut war von einer Folie umgeben, und die Haare fühlten sich schwer an. Im Café suchte er Blickkontakt zur Kassiererin. Die aber guckte mit einem leichten Lächeln auf den Lippen an ihm vorbei. Ein junges Mädchen, bestimmt eine Studentin bei ihrem Sommerjob.

– Studierst du?

Das Mädchen schreckte auf.

– Ja.

– Welches Fach denn?

– Ach, dies und das, aber so richtig ist für mich nichts dabei. Vielleicht gehe ich nächstes Jahr nach Irland.

– Wieso nach Irland?

– Na ja, da gibt's doch … das hat viele Gründe. In Dublin … eine Freundin ist auch hingegangen.

– Hat's ihr gefallen?

– Hm, eigentlich nicht. Nach einem Monat ist sie zurückgekommen.

Das Mädchen sah überrascht aus.

Er wünschte ihr viel Energie fürs Studium. Das Mädchen nickte ernst und sah ihm nach.

Im Park kaufte er ein Erdbeereis, setzte sich auf eine

Bank und beobachtete die Passanten. Eine bucklige Frau schleppte sich derart langsam vorwärts, daß sein Eis aufgegessen war, noch ehe sie es an seiner Bank vorbei geschafft hatte. Die Alte stützte sich auf einen Stock und schwankte bei jedem ihrer langsamen Schritte hin und her. Ihr Blick war fest auf den Boden gerichtet, als wäre ihr Nacken in dieser Stellung erstarrt. Er sah, wie die Frau sich vorsichtig auf der benachbarten Bank niederließ, und verspürte den dringenden Wunsch, mit ihr zu sprechen. Mit forschen Schritten ging er zu ihr hinüber und setzte sich neben sie.

– Ich habe gesehen, wie Sie hergekommen sind; Sie sind wohl öfter hier? Ein wirklich schöner Park, ich sitze hier oft nach der Arbeit. Ich bin in dem Gebäude dahinten beschäftigt. Häßlich, was. Ach so, Sie können wahrscheinlich Ihren Kopf gar nicht so weit drehen.

In diesem Moment krachte wie aus heiterem Himmel der Stock der Alten genau auf sein Kinn. Der Schlag traf ihn so heftig, daß er zuerst zu keiner Reaktion fähig war, sein Gesicht schien auseinanderzubrechen, der Schmerz strahlte bis in den Hinterkopf. Dies und der Schreck ließen ihn laut aufjaulen, er stand auf und hielt sich den Kopf. Ganz langsam hob die Alte ihren Blick und bedachte ihn mit einem sonnigen Lächeln. Ihm blieb nur übrig davonzutorkeln; Schwindel überkam ihn, sein Kiefer schmerzte so stark, daß er am liebsten geweint hätte.

Zu Hause vergrub er sein Kinn in kalten Umschlägen, nachdem er sich vergewissert hatte, daß ein Krankenhausbesuch nicht nötig war. Er konnte den Kiefer kaum bewegen, essen war problematisch. Zum Glück mußte er nicht sprechen. Der folgende Arbeitstag war allerdings von großer Wichtigkeit; es kam nicht in Frage, zu Hause zu bleiben. Er machte sich eine Tasse kräftigen Kakao und legte sich bald ins Bett. Um drei mußte er aufstehen, um etwas gegen die Schmerzen zu nehmen, aber es half nichts. Er tat kein Auge mehr zu.

Im Büro beäugten ihn einige Kollegen argwöhnisch, sein Kinn leuchtete blau-bunt, die Lippen waren unförmig angeschwollen. Er bemühte sich dennoch um sein gewohntes Lächeln und erledigte seine Arbeit wie eh und je. Zwischendurch kam es ihm so vor, als verdunkle sich sein Blickfeld, und zweimal mußte er sich am Türrahmen festhalten, um auf den Beinen zu bleiben.

Um elf klopfte es, und ein schmächtiger Junge im blauen Overall linste zur Tür herein.

– Ähm, die Kabel müssen gemacht werden.

– Natürlich, nuschelte er und probierte ein ermutigendes Lächeln. Sein Gegenüber jedoch senkte den Blick, bückte sich und zog ein Kabel hinter das Sofa. Er sah den Jungen neugierig herüberspähen, füllte aber leise summend seine Formulare aus und tippte Daten in den Computer. Gern hätte er zur Auflockerung eine pfiffige Bemerkung gemacht, aber der Junge war mit seiner Arbeit fertig, ehe ihm etwas eingefallen war.

Da öffnete sich die Tür. Herein trat die alte Frau aus dem Park, aufrecht und flink, aber nach wie vor mit dem Stock in der Hand, der eher ein Knotenstock war, schwer und knorrig. Mit einem kleinen Lächeln auf den Lippen kam sie unaufhaltsam näher. Hilfesuchend drehte er sich auf seinem Bürostuhl dem Jungen zu. Der war aufgestanden und hielt ein Stromkabel in der Hand, das er mit siegesgewissem Grinsen wie ein Lasso schwang. Mit vereinten Kräften fesselten der Junge und die Alte ihn fest an seinen Stuhl und stopften ihm den Mund mit Formularen. Es schmeckte bitter, und ihn überfiel Hustenreiz.

Die Besucher verließen den Raum und knallten die

Tür hinter sich zu. Vorsichtig streckte er seine eingeschnürten Finger, die langsam blau wurden, und versuchte, der Situation etwas Positives abzugewinnen. Im Kinn pochte der Schmerz noch stärker als zuvor. Da saß er und spürte, wie ihm das Blut rasch aus dem Kopf wich. Ehe er bewußtlos wurde, fiel ihm noch ein, daß er vor einem Jahr um die gleiche Zeit etwas versprochen hatte, etwas Wichtiges, aber ihm fiel einfach nicht mehr ein, was das war.

Nach einer Stunde wachte er auf. Die Kabel hatten sich gelockert. Er machte sich los, wickelte die Kabel zu einem ordentlichen Knäuel und öffnete erleichtert das Fenster. Von halb eins bis zehn vor eins erörterte er am Telefon eine wichtige Frage. In zehn Minuten wird die Post gebracht, dachte er. Heute wäre das rothaarige Mädchen mit dem karierten Rock und den langen Zöpfen dran. Er kämmte sich die Haare, richtete den Kragen und schwang die Beine auf den Schreibtisch. Vom linken Absatz löste sich Dreck und fiel auf das Bestellformular. Er nahm die Füße vom Tisch und versuchte, den Fleck vom Papier zu wischen. Er wurde noch größer und verwandelte sich in ein schwarzes, unordentliches Gebilde, das zum Teil auch den Text bedeckte.

Gleich mußte die Botin kommen. Seine Kopfhaut begann zu glühen, die Schmerzen im Kiefer hatten sich bis zum Nacken und im ganzen Kopf ausgebreitet. Mit seinem Ärmel rubbelte er auf dem Schmutzfleck herum. Jetzt war auch das weiße Hemd hinüber.

Er nahm all seine Kraft zusammen und atmete tief durch, lehnte sich langsam zurück und zwang sich zu lächeln. Beim Betrachten des blauen Hündchens beruhigte er sich bereits ein wenig; gleich würde die Botin kommen, und dann blieben noch zwei Stunden und fünfundvierzig Minuten Arbeitszeit. In den Park würde er heute nicht gehen. Während er abwechselnd auf die leeren Formulare und die Türklinke starrte, die sich nicht bewegte, fühlte er sich dünner und dünner werden und sein Kinn zusammenschrumpfen, die ersten Zähne fielen bereits auf den Boden. In der rechten Hüfte spürte er den fortgeschrittenen Schmerz eines Krebsgeschwürs.

Neue Bestellungen, Programmänderungen, Besprechungen – wo blieb sie eigentlich? Er legte die Papiere zurück auf den Schreibtisch. Es war schon vierzehn Minuten nach eins. Seine Beine wollten partout nicht entspannt auf dem Tisch liegenbleiben, immer rutschte eines der Hosenbeine hoch, oder der Stuhl drohte umzukippen. Ein miserabler Stuhl, zu wenig Halt für den Nacken. Programmänderungen und Besprechungen. Vor seinen Augen baumelte leise der kleine Hund, die rote Zunge draußen.

Traumland

Manchmal muß ich daran denken, was passiert, wenn man jemandem voll auf den Kopf haut mit irgendwas Schwerem und ihn damit komplett überrascht. Ich mag Menschen nicht so richtig, es gibt zu viele überall, ich würde gern in Ruhe im Park und in der Stadt spazierengehen. Nachts ist es friedlicher, dann muß ich nicht unbedingt was Schlimmes machen, und ich hab ein zufriedeneres Gefühl innen drin.

Wenn es am schwersten ist und ich am liebsten was Gefährliches machen würde, gehe ich zu Krista. Krista hat mir alles mögliche aus ihrem Leben erzählt, von ihren Kindern und ihren Träumen, weit wegzugehen. Krista ist die schönste Frau, die ich je gesehen habe, sie arbeitet in einer Kneipe am Stadtrand. Wenn ich da hingehe und einen Whisky an meinen Ecktisch bestelle, weiß ich, daß gleich Krista kommt und mit mir redet, mir in die Augen sieht und mit dem Löffel in ihrer Tasse rührt. Genau, Krista rührt beim Reden immer mit dem Löffel, und die Tassen sind aus weißem Porzellan, obwohl die Kneipe heruntergekommen ist. Krista will Niveau bewahren.

Früher war ich eigentlich nur an Kickboxen und Pferderennen interessiert, aber heutzutage sieht man die Welt denn doch mit anderen Augen. Durch Krista habe ich zum Beispiel den Tango entdeckt: Als ich das erste Mal in ihre Kneipe kam, lief gerade *Traumland* von Reijo Taipale. Ich habe mich für so was nie begeistern können, aber dann, als ich zur Theke ging und bestellte, lächelte die blonde Frau still vor sich hin und hob ihre Hand mit so einer Geste: Hör mal. Das war Krista.

Plötzlich mußte ich gar nicht mehr mit schweren Ge-

genständen rumhantieren oder schreien und was kaputtmachen. Ich hörte einfach nur zu, wie jemand von einem Ort jenseits des weiten Meeres sang. Da ging es mir beinahe gut. Ich hab mir dann von dem Taipale alle Platten besorgt, und manchmal höre ich die zu Hause auch.

Zwischendurch kommt immer wieder dieser Drang, draufzuhauen oder einfach auf der Straße über jemanden drüberzufahren, also wenn ich ein Auto hätte. Aber so richtig wünsche ich mir das dann wohl doch nicht, sagt Krista auch. Irgendwie will ich nur Rache üben.

– Weshalb willst du Rache üben, hat Krista gefragt, als ich das letzte Mal da war. In einer schlechteren Zeit war das. – Oder an wem? Weiß ich doch auch nicht, das ist einfach so ein Gefühl, daß mich das Unrecht getroffen hat. Daß jemand das geplant hat. Ich weiß natürlich, daß das nicht der Straßenbahnfahrer mit dem Schnurrbart gemacht hat, der hat Angst vor mir, und auch nicht die Frau mit der grünen Jacke im Park, und bestimmt nicht ihr Sohn, obwohl der mich schief anguckt. Die wollen mir eigentlich nichts Böses.

Ich war jetzt zwei Jahre ohne Arbeit, der Kartei nach bin ich arbeitssuchend. Ich bin Bauarbeiter, und ein guter, ich bin stark und geschickt. Das sieht man mir richtig an, findet Krista. Darauf bin ich noch gar nicht gekommen, aber ich hab mir einen Spiegel besorgt, und wirklich, es stimmt. Ein Ganzkörperspiegel ist das.

Ich mag Bratwurst. Früher dachte ich, das ist irgendwie primitiv, und daß nur Müllmänner und Taxifahrer so was essen. Aber dann hat mir Krista mal verraten, als wir uns gegenübersaßen, daß das auch ihr Lieblingsessen ist, mit Senf drauf und Bier. Da mußte ich lächeln.

Ganz gut in Schach halten kann ich meine Gedanken, wenn ich an weiße Wolken denke und an die Heidebüschel vor unserem Sommerhaus, an Krista und ihre Ohrringe und Kaffeetassen; ich müßte meine Plastikbecher wohl auch mal durch was Anständiges ersetzen. Wenn ich so zu Hause sitze und Wurst esse, und das Fenster ist auf, und das Kindergeschrei im Garten stört mich nicht weiter, ist alles nicht so schwierig, und ich kann auch daran denken, wie Krista auf eine Frage geantwortet hat: Ich.

Ich kann dasitzen und die Bäume im Garten anschauen und die Autos, den Schneematsch am Boden und das halbfertige Haus gegenüber. Lange hatte ich das nicht mehr gefragt, was ich Krista da einmal gefragt habe, nämlich ob mich jemand braucht.

Bad

Die Seife fällt auf den Boden und flutscht außer Saijas Reichweite. Im Sitzen beugt sie sich über den Rand der Wanne, kann aber die Seife nicht sehen. Sie reibt sich den Nacken, bohrt zwischen den Zehen herum und pult schließlich die Fusseln aus ihrem Bauchnabel. Das nasse Haar klatscht ihr ins Gesicht; Saija ächzt leise, ihre Schultern sind gekrümmt. Sie sieht ihre Beine an, die schlaff im Wasser liegen, hellrote, klobige Klumpen, Seite an Seite. Die rühren sich nicht, fühlen das Wasser nur als unbestimmte Wärme. Saija umfaßt mit beiden Händen ihre Knie und wirft sie hin und her, Blasen steigen auf.

Der rosa Badeschwamm hängt Saija gegenüber am Haken. Ein Geschenk von Timo. Ihr Blick bleibt daran haften, und sie fängt an zu lachen. Sie nimmt den Schwamm in die Hand, dreht und wendet ihn. Taucht ihn ins schaumige Badewasser und hält ihn so lange fest, bis jede Pore vollgesogen ist. Der Schwamm wird schwer, und Saija schleudert ihn heftig gegen die Badezimmertür. Kleine Bäche laufen über den Boden.

– Bist du fertig? fragt Timos Stimme aus dem Wohnzimmer.

– Noch nicht.

Da sieht Saija die Seife. Sie ist hinters Klo gerutscht und von der Wanne aus mit der Hand nicht zu erreichen. Mit all ihrer Kraft stemmt Saija sich bäuchlings auf den Beckenrand. Sie greift nach der Klobürste und will die Seife zu sich heranziehen. Die aber rutscht nur noch weiter weg, gleitet zusammen mit der Bürste hin und her. Saija wird heiß, der Wannenrand drückt schmerzhaft gegen ihren Bauch. Die Seife ist grün und glitschig, der feuchte Boden ist gekachelt. Sie starrt auf die Seife. Die Klobürste klackt gegen den nassen Kachelboden, auf dem das Seifenstück entlanggleitet und mit der Bürste spielt, bis Saija sie wegschleudert, keuchend und feuerrot im Gesicht. Sie läßt sich ins Wasser zurückfallen, das bis über den Wannenrand spritzt.

Sie lehnt sich zurück, nur ihr Gesicht bleibt an der Wasseroberfläche. Eine Kammer aus Wasser umgibt sie, schnell zieht die Wärme in ihre Kopfhaut. In den Ohren rauscht es. Ferne gluckernde Geräusche werden hörbar, als Saija ihre Hände bewegt. Sonst ist es vollkommen still. Saija wird schläfrig. Sie läßt den Kopf ganz ins Wasser sinken, kleine Blasen steigen aus ihrer Nase. Oben flackern und schaukeln bläulich die Wände, weit darüber die Decke. Es ist so ruhig, leicht und ruhig. Saija fühlt sich nicht schwerer als drei Gramm.

Die Risse in der Decke ergeben eine vertraute Landkarte. Saijas Augen folgen ihrem Verlauf. Die Karibischen Inseln. Die Küste von Thulalai mit ihren Palmen entsteht vor ihren Augen, als sie sie schließt. Warmes Wasser rollt an den Strand, wo weißer Sand die Augen blendet. Saija ist eine Meerjungfrau, sie dreht sich zwischen den Wellen, gleitet schneller in die Tiefen als Fische. Wie ein glänzender Schleier perlt der Schaum in ihren langen Haaren. Die Sonne siebt sich durchs grüne Wasser …

Lungenstechen. Saija greift nach den Wannenrändern und stemmt sich hoch. Unbemerkt hat das Wasser sich abgekühlt, sie bibbert. Sie versucht, sich überhaupt nicht zu bewegen, um die Kälte an den Schultern nicht zu fühlen. Timos Schritte eilen zum Badezimmer. Er steht in der Tür und verdreht die Augen.

– Hier ist es aber naß geworden.

Er bückt sich, und die Seife landet wieder in ihrem Schälchen und der rosa Badeschwamm an seinem Platz an der Wand, und dann wischt Timo den Boden auf.

– Na also.

Routiniert faßt er Saija unter den Achseln und Knien und hebt sie hoch. Sie stützt sich am Metallgriff an der Wand ab, während sie in Timos Armen hängt.

– Pfefferminz- oder Hagebuttentee?

Saija sieht durch die Türscheibe, wie Timo in der Küche hin und her läuft, heimelig herumklappert und die zwei Teedosen in seiner Hand genauer unter die Lupe nimmt. Sie sieht ihn in der Küche stehen, heimelig in seinem Karohemd, in seiner Hand zwei Teedosen. Das Geklapper hört auf. Timo räuspert sich und ruft: Saija, hast du gehört? Pfefferminz- oder Hagebuttentee zum Spielfilm? Ich mach auch Mettwurstbrote.

Das linke Rad quietscht wie üblich, als Saija in die Küche rollt. Sie stoppt hinter Timo, genau vor dem Kühlschrank.

– Schatz, weichst du ein bißchen aus, ich hol die Mettwurst aus dem Kühlschrank.

Saija sitzt da und sieht Timo ins Gesicht.

– Mensch Saija, jetzt hör mal auf. Du siehst doch, daß ich die Tür nicht aufkriege, wenn du da sitzt. Du magst Mettwurst doch auch.

Aber Saija weicht nicht zur Seite, sondern verriegelt die Bremsen. Sie weiß, daß sie zusammen mit dem Rollstuhl so schwer ist, daß Timo sie garantiert nicht bewegen kann. Selbst wenn er sich bis zur Bewußtlosigkeit anstrengt, seine Muskeln aufs äußerste anspannt, so daß ihm die Stirnader schwillt und Schweiß aufs Gesicht tritt. Selbst wenn er sie mit der Schulter wegzudrängen versucht und den Nachbarn zu Hilfe holt – sie hätten nicht die Kraft, sie von der Stelle zu bewegen, keinen Millimeter.

Timo klappt mit seinem Fuß die Bremse hoch, schwenkt Saija samt Rollstuhl herum und karrt sie ins Wohnzimmer.

– Na also.

Doch Saija erhebt sich vom Stuhl und eilt zum Fenster, von wo es nur ein Sprung von einigen Metern bis zur Erde ist. Nachtvögel rufen ihr zum Gruß entgegen, und der berauschende Geruch der Blumen dringt in ihre Nase. Leichtfüßig hüpft sie hinunter in den Garten, klopft sich die Erde von der Hose und läuft und läuft, bis sie kaum mehr zu sehen ist. Bald heben sich nur noch ihre züngelnden Haare vom dunklen Waldrand ab.

Prinzip

9.4.99

Also ich hab so ein bißchen über dieses Leben und die Umstände nachgedacht und mir lang und breit Gedanken gemacht, was uns hier eigentlich auf den Nerv geht, ob es hier eigentlich irgendein Ziel oder eine Richtung gibt. Und bei diesem Nachdenken bin ich dann zu dem Ergebnis gelangt, daß ich Widerstand leisten werde gegen alles. Diesen Widerstand hab ich letztes Jahr so um Mittsommer rum angefangen, so daß es jetzt auf den Tag genau zweihundertachtzig Tage Widerstand sind. Ich hab mal so ein Buch gelesen mit dem Titel *Der leise Sieg des Widerstandes*, das war nicht mein eigenes Buch, aber wahrscheinlich ist es mir in der Bücherei in die Hände gefallen, als ich noch nicht gegen Bibliotheken Widerstand geleistet hab. Von Anfang bis Ende hab ich das gelesen, und sogar ziemlich schnell, siehste, ich fackel nicht lange, wenn ich erst mal mit was angefangen hab. Und so hab ich beschlossen, auch ich fang an, Widerstand zu leisten. Ich bin dann hier zu Hause gewesen und hab zwischendurch ein bißchen Blumen gegossen, und mehr als Einkaufen war nicht drin. Widerstand ist hart, sagte der Alte, als er mit dem Pflug gegen die Wand fuhr; so hat der Vetter gestichelt, als er im späten Winter hier war, hätte sich gern als Gast bewirten lassen. Hat allerdings die Härte des Widerstands unterschätzt, den unsereins leistet. Weiter geht's, schau'n wir mal, ob's auch weiterhin gut läuft.

13.5.99

Gestern ist eine Schar Gören durchs Treppenhaus gelatscht, ich hab durch den Spion beobachtet, wie sie überall geklingelt haben und die Schülerzeitung *Bien-*

chen verkaufen wollten. Keine Ahnung, ob das Jungs oder Mädchen waren, alle die Hosen auf Halbmast und die Gesichter voll mit Metallkram. Einem stand das Haar blau vom Kopf ab, und in der Oberlippe steckte ein drei Zoll langer Nagel.

18.7.99

Hier bin ich noch, und keinen Deut hab ich nachgelassen. Wo der Widerstand jetzt immer härter wird, hab ich auch die Blumen abgehakt, genau vor zwei Wochen, als ich überlegt hab, was die da eigentlich machen, grün abstehende Dinger und verbrauchen die Zimmerluft. Und ich hab auch mich nicht gegossen seit März, überleg mal, Duschen und sonstige Schaumschlägerei, unnötig alles. Dieses Internet wollten die mir einmal morgens an der Tür verkaufen, Modems müßten angeblich in jeden Haushalt rein, damit die Verbindung bleibt. Darauf konnte ich nicht antworten, aber ich hab das Sicherheitsschloß endgültig verriegelt. Gut geht's mir weiterhin, und ich hab fünfzehn Kilo abgenommen, wo ich doch gegen alles Widerstand leiste außer gegen das absolut Nötige, ich bin sogar zu dem Ergebnis gekommen: auch Rosenkohl. In diesem Buch wurde Rosenkohl ziemlich positiv erwähnt. Daß da weniger drin ist zum Widerstehen. Und aus dem Fenster hab ich manchmal geguckt, aber umsonst haben die den ganzen Garten dahin gemacht, wer will sich da schon aufhalten außer Hunden und Gören. Hunde und Gören, und zu was sind die schon nütze. Das war eine rhetorische Frage.

29.9.99

Zur Zeit schaff ich nicht viel mehr als liegen, so schwach macht dieses Nichtessen. Aber im Liegen geht der Widerstand fast wirkungsvoller, irgendwie noch flotter. Den Stift kann ich noch halten, das ist die Hauptsache, man muß ja eine Angelegenheit wie die hier rekonstruieren können. So nach und nach zeigt sich der Lauf des Lebens in einem neuen Licht, und unnötige Aufregung kenn ich nicht mehr. Das Ziel ist also erreicht, schrie mein Vetter und preßte sich von außen gegen die Tür; ich warf sofort die drei Küchenhocker vom Balkon runter und die alten Rosenkohlnetze hinterher. Irgendeine Horde hatte er dazurekrutiert – ob er überhaupt ein echter Verwandter ist, frag ich mich. Ich hab zwei Fotos verglichen und wirklich keine gemeinsamen Züge gefunden, obwohl ich mit der Lupe draufgestarrt hab. Nur, denen muß man erst recht Widerstand leisten, Lupen und eigentlich auch Gläsern, als nächstes stell ich ein Glas mitten auf den Fußboden. Von diesem Punkt aus ist überallhin der richtige Abstand, in jede Richtung gleich weit.

Loch

– In meiner Seele glüht ein Stück Kohle, eröffnete ihm seine Frau eines Abends nach der Sauna. Pekka verstand nicht sofort, sondern sah seine Frau an, den Kopf schief gelegt, und wischte sich Schaum vom Mundwinkel. Dann nahm er einen zweiten Schluck.

– Na, wie ist das denn dahin geraten.

– Ich weiß es nicht, aber da ist es nun mal und brennt. Im Hemd ist schon ein Loch.

Die Frau knöpfte die Wolljacke so weit auf, daß Pekka das große schwarzumrandete Loch im roten Stoff sehen konnte.

– Teufel noch mal. Pekka leerte sein Bier und ging langsam näher. – Tatsächlich, verbrannt. Wieso hast du nicht aufgepaßt?

– Das ist gekommen, als ich von dir und Päivi gehört hab.

Pekka kratzte sich am Kinn. – Aber das ist doch schon drei Monate her. So lange schleppst du das schon mit dir rum.

– Nicht das Loch, aber den Schmerz. Die Kohle geht einfach nicht aus. Ich hab schon Salbe draufgeschmiert und Taschentücher draufgedrückt, hilft nichts. Du mußt mit Päivi aufhören.

– Nein, verdammt! Ich hab dir doch erklärt, worum's da geht. Das ist keine Liebe wie bei uns, das ist nur Gier.

– Hilft nichts. Du darfst sie nicht mehr treffen, versprich's mir, Pekka.

Pekka brach langsam der Schweiß aus, und er öffnete ein zweites Bier. Die kalte Flasche fühlte sich gut an in seiner Hand, er drückte sie gegen die Stirn.

– Aber du weißt doch, wen ich mag.

Seine Frau jedoch starrte ihn mit einem seltsamen Blick unverwandt an, und Pekka schaffte es nicht, zurückzuschauen. Er saß auf der Bettkante, maß mit seinen Blicken die Dielen und zählte die Wurmlöcher. Ein kleiner Käfer krabbelte langsam umher und machte immer wieder an der Wand halt, Pekkas Augen folgten ihm. Die Wollsocken an seinen Füßen waren aus dickem grünen Garn, stellte Pekka fest.

Das Zimmer umgab ihn mit anheimelndem Dämmerlicht, vom Herd duftete der Haferbrei. Pekka sah das rotgestreifte Tischtuch und die zwei Kerzenständer darauf. Seine Frau hatte die gebügelte Hose über die Stuhllehne gehängt, und Pekka streckte schnell seine Hand aus, wie um die Wärme des groben Stoffes zu fühlen, aber sein Arm blieb träge in der Luft hängen. In seinem Herzen tat es weh. Ein fremdes Gefühl war das, und Pekka hielt sich mit seiner freien Hand die Brust.

– Also was ist, sagte seine Frau deutlich und mit schwerer Stimme.

Der Käfer hatte mitten auf dem Weg angehalten und schwenkte seine Fühler auf und ab. Die Flammen der Kerzen bewegten sich unruhig am Fenster. Die Flasche war leer.

– Ich versprech's.

Pekka blickte langsam zu seiner Frau hinüber, die sehr schön aussah im flackernden Lichtschein, ihre runden Wangen leuchteten rot, eine lockige Haarsträhne lag zart an ihrer rechten Schläfe.

– Jetzt geht's mir gut, sagte die Frau und senkte ihren Blick auf den Grund ihres Herzens. Das Loch war weg. Und Pekka streichelte den Kopf seiner Frau und die schmerzende Stelle, die leise zwischen ihnen schlug.

Freitag

Rekku räkelt sich auf dem Fußboden. Da sind Santtus Hände. Rekkus Fell ist ganz weich, das Geschrei tut weh im Kopf. Der Kakao ist auf den Boden gekippt. In Mamas Gesicht sind Beulen, Santtus Hände sind kleiner als die von Papa. Rekku guckt komisch. Die Hinterpfote kratzt am Ohr. Santtus Bein kommt nicht so hoch, ach, geht ja doch. Wenn man die Hand dazu nimmt, geht das Bein bis hoch zum Gesicht. Rekku hört mit dem Kratzen auf. Das Geschrei hört nicht auf. Santtu preßt die Hände auf die Ohren. Bis dahin kommt das Bein nicht. Rekku ist ein ungehorsamer Köter. Rekku ist ein verdammter Flohhaufen, der mir nicht ins Haus kommt. Kommt er wohl, kommt er wohl, Rekku ist Santtus Hund. Mamas Schoß ist auch aus etwas Weichem, aber ihr Gesicht hat Beulen. Um ihre Augen sind rote Ringe. Jetzt ist der Ärmel im Kakao. Komm, wir lecken das ab, Rekku. Schmeckt ein bißchen wie Staub und Sand, aber am meisten wie Kakao. Wir sind beide Hunde und wollen raus. Wir wollen zu fressen haben. Rekkus Barthaare sind im Kakao. Und jetzt ein Kakaokuß. Da greift Papas Hand in die Haare. Santtu steigt in die Luft, nicht viel, aber ein bißchen. Santtu macht die Sirene. Die Sirene ist im Hals, da kommt es ganz laut raus. Rekku bellt. Rekku beißt in Papas Fuß. Rekku fliegt in die Ecke. Mama hat die Arme vor dem Gesicht, Santtu sieht nicht, wie sie guckt. In den Haaren merkt man es, aber nicht doll, Santtu weint überhaupt nicht. Rekku jault in der Ecke. Rekku hat eine gute Singstimme. Die Flaschen fallen vom Tisch. Papa schwankt rückwärts, Mamas Gesicht ist nicht zu sehen. Santtu will auf Mamas Schoß und zwischen Rekkus Pfoten. Papa ist manchmal der lustige Papa. Papa bringt alle mit dem Boot zur Vogelinsel. Santtu hält den Kurs und paßt auf, Santtu ist Papas Klippenwache. Wir nehmen viel Proviant mit und Wurstbrot und Kakao. Mama nimmt die Flaschen aus dem Korb. Knochen für Rekku und einen alten Teppich zum drauf Schlafen. Santtu schläft da manchmal auch, wir sind Hunde und schlafen heimlich auf dem Teppich. Der stinkt nach Hund und nach Scheiße. Nach Scheiße stinkt der Teppich. Dieser verdammte Flohhaufen, und Santtu schläft auf dem Teppich und stinkt nach Scheiße. Papa liegt auf dem Boden herum. Mamas Schoß ist verschlossen, die Arme sind davor. Santtu macht die Sirene. Santtu hört auf, als der Kopf weh tut. Santtu kriecht unter den Stuhl. Komm, Rekku.

Ausblick

Ich seh von hier direkt in ihr Schlafzimmer. Ein dünner Mann jagt einen rothaarigen Fleischberg durchs ganze Zimmer, der Mann schwenkt etwas in seiner Hand, ich kann nicht erkennen, was, und der Fleischberg kreischt deutlich hörbar, bis der Mann die Frau dann aufs Bett wirft. Das gleiche jeden Abend, das Bett kann ich nicht sehen. Ist zu niedrig, und ich würd's auch gar nicht wollen, mir wird von dieser lüsternen Häßlichkeit ja schon übel, wenn ich nur dran denke.

Untendrunter guckt ein junger Mann ständig Fernsehen, die ganze Nacht sitzt er ununterbrochen nur da. Blaues Flackern, nie macht er Licht an, der junge Mann. Er hat lange schlanke Beine und Arme, aber das Gesicht sieht man nicht, zu dunkel. An seinem Fenster liegen Farbtöpfe und Pinsel.

Oben zwei Tussen, die den ganzen Tag trinken und Männer in ihrer verdreckten Wohnung empfangen. Die Dunklere pichelt hemmungslos Rotwein und bleibt immer mal wieder am Fenster stehen, Schlampe, und hält Ausschau, hat irgendwas zu verbergen. Ich muß mich ducken, wenn ihr lüsterner Blick in meine Richtung fällt.

Ich bin gut ausgerüstet. Ich kann in die entferntesten Wohnungen sehen, im dritten Stock der notgeile, eingebildete, versoffene Hausmeister und sein Luder, scheuchen einen im Hof rum und beschweren sich. Wenn ich könnte, würd ich denen Schrot in den Arsch jagen. Rotes Fleisch, die Bierbäuche kann ich nicht mal angucken. Ich paß gut auf mich auf, gehe regelmäßig joggen, die Gewichte und Hanteln liegen an ihrem Platz, ich würde nie zulassen, daß ich aussehe …

Sechsmal täglich geh ich unter die Dusche, manchmal öfter, denn auf der Straße stinkt es, im Bus stinkt es, letzte Woche hat sich eine stinkige, dicke, dreckige Schlampe neben mich gesetzt – und hat mich ans Fenster gequetscht, ich mußte mich mit der Wurzelbürste abschrubben, der Geruch wollte einfach nicht verschwinden. Die Schlampe vom Hausmeister stinkt genauso.

Der junge Mann schaltet den Fernseher ab und kommt ans Fenster, zum ersten Mal sehe ich das Gesicht. Eigentlich noch ein Junge, dunkles struppiges Haar, schmale Schultern. Er guckt rüber, kann aber nichts sehen, das Licht ist aus, und ich hab ein Nachtobjektiv – trotzdem wirkt es, als würde er rüberschauen, genau zu mir, und alles sehen, mir wird schwindelig, und ich geh unter die Dusche, normalerweise hilft das, aber das Kribbeln hört nicht auf, und Kopfschmerzen sind im Anmarsch. Ich streiche meinen Schnurrbart glatt und verteile den Puder, meine Wangen sind wie Pfirsich ... Ich liege auf dem Sofa, der kühle Satin tut gut auf der Haut. Nur ein paarmal reibe ich die Hüften am Stoff ...

Der Junge ist vom Fenster verschwunden, oben machen die schmutzigen Luder weiter, saufen und lungern am Fenster rum. Der Dunkleren fällt etwas runter in den Hof, ein behaarter Mann geht es holen: eine schwarze Unterhose, flattert durch die Luft wie ein schamloser Schmetterling und landet im Sandkasten. Ich steh am Fenster und beuge mich vorsichtig nach vorn, fühle, wie ich fiebrig werde und vor Gänsehaut zittere. Der Mann schwenkt die Unterhose als Trophäe in der Luft, ich sehe jedes einzelne seiner schwarzen Beinhaare. Der Hausmeister fuchtelt mit seinem Besen rum, da geht gleich ein Streit los. Der Behaarte ballt seine Faust, der Hausmeister verzieht sich in seine Höhle. Die Frauen klatschen und gackern und knuffen einander in die Seite.

Bei dem Jungen im Fenster flackert es wieder blau, der dunkle Kopf hebt sich deutlich ab vom ewigen Flimmern des Bildschirms.

Im zweiten Stock wieder dasselbe Schauspiel: Die Rothaarige kreischt und läßt sich schnappen, und jetzt sehe ich, was der Mann in der Hand hat, einen schwarzen Kleiderbügel, was machen die nur mit dem, ich muß schon wieder unter die Dusche.

Kalle

Für Kalle war Liebe direkt verwandt mit Durchfall und dem Tod eines Angehörigen. Frauen waren Fremde, die von einem unbekannten Planeten aus Überraschungsangriffe starteten. Ihre Absichten konnte selbst der liebe Gott nicht vorhersagen, denn ihnen fehlte die Logik. Das verstand Pertti, das verstand Olavi, und das verstand Humppilas Juhani. Die ganze Kundschaft aus Paves Pub verstand das um vier Uhr früh, als der Morgenfrost an die Tür klopfte.

Kalle war enttäuscht von Liisa, die zum ersten Rendezvous nicht erschien. Er war tief enttäuscht von Annikki, die nicht begriff, was gut für sie war, und von Terttu, die mehr Raum brauchte. Kalle war auf Terttus Hof in Jämsä nicht willkommen und auch sonst so gut wie nirgends, wo sich Frauen aufhielten, denn er hatte eine Neigung zum Asozialen. Kalle akzeptierte diese Festlegung nicht, vielmehr war er sogar sehr sozial: ein Naturtalent im Geschichtenerzählen.

Das alles war jedoch, bevor Kalle Helena traf. Er sah Helena im Einkaufszentrum und begriff, daß sich niemand sonst auf diese Art bewegte, im Rock, das blonde Haar im Luftstrom flatternd, die Augen blau leuchtend, die Haut rosig schimmernd wie eine Frühlingsblume, wenn das keine Botschaft war! Helenas Lächeln sagte: Komm und nimm mich sofort, denn ich brauche dich, und ich will dich, weil du stärker bist als ich.

Kalle wartete, bis Helena an der Kasse ihre Einkäufe verstaut hatte, und bot auf dem Parkplatz seine Hilfe beim Tragen an. Helena lächelte dankbar. Kalles Arme waren pure Muskelmasse, als er sich vorbeugte und die

Taschen in den Kofferraum hob. Er verschaffte sich eine gute Ausgangslage, indem er Helenas Kennzeichen notierte. Zu Hause rief er bei der Zulassungsstelle an und durfte Namen und Adresse der Frau seines Lebens erfahren: Helena Angervo, Tannenstraße 4. Bald würde aus Angervo Lappalainen, wenn es nach Kalle ging. Helena hatte gelächelt und einladend mit den Wimpern geklimpert, was ein allen Frauen gemeinsamer Code war. Damit brachten sie zum Ausdruck, daß sie mehr von einer Beziehung wollten. Ob das purer Sex oder vielleicht bedeutungsvolle Nähe sein würde, das wußte Kalle noch nicht. Er wünschte sich eigentlich beides. Nähe nach dem Sex war eine feine Sache.

In Paves Pub bekamen alle von Helena und Kalles unbezwingbarem Veränderungswillen zu hören, konnten aber nicht angemessen reagieren. Für Kalle wurde es höchste Zeit, sich fürs erste Date zurechtzumachen. Gestreifte Krawatte und Blume. Helena wußte vom Date noch nichts, aber sie *mußte* etwas ahnen, denn Frauen hatten eine erstaunliche Intuition. Möglicherweise wartete Helena bereits herausgeputzt in ihrem Flur und tat dann ganz überrascht.

Kalle mußte laut lachen, als er auf dem Hof vor Helenas Haus eintraf: Das Haus war sauber und gepflegt, jedoch nicht gut genug für Helena, die in Kürze zu Kalle in die Perkiöstraße ziehen würde. Er würde für Helena sorgen, die sonst mutterseelenallein auf die Gnade der Welt angewiesen wäre. Er würde sie mit Seide und Champagner verwöhnen, aber auch den Alltag zu schätzen wissen. Er wäre einfühlsam, doch stark, sensibel, doch resolut. Helena wäre blond und hätte Seidenpyjamas an.

Mit dem Stolz des Erretters im Herzen betrat Kalle Helenas Treppenhaus und hatte gleich ihren sanften und verlockenden Duft in der Nase. Er wollte gerade munter auf die Klingel drücken, als er an der Tür die Namen bemerkte: Angervo, Tiilikainen. Einen Augenblick war Kalle ratlos. Hatte Helena ihn betrogen? Ihm erst etwas zu verstehen gegeben, um ihn dann zum Gespött der Leute zu machen, wie schon so viele Frauen zuvor? Kalle sank auf die Treppenstufen. Wer war Tiilikainen? Und welches Kaliber? Kalle wußte, daß der Mann Format haben mußte, wenn er Kalle auf der Nase herumtanzen wollte. Und was, wenn nicht das, war Auf-der-Nase-Herumtanzen. Im dunklen Treppenhaus dachte Kalle über Tiilikainens hinterhältigen Charakter nach und sah ihn allmählich als kleinen und schmächtigen Angsthasen, der um Gnade flehen würde, sobald er Kalle sähe. Und Helena erwartete ihn mit klimperndem Augenaufschlag und offenem Schoß, bereit für die Berührung und die bedeutungsvolle Nähe. Mit neuer Kraft erhob sich Kalle von der Treppe.

Schon beim Klingeln verspürte er einen Anflug von Überdruß, so leicht schien sein Sieg. Blieb nur noch der lästige Rest zu erledigen: dem schmächtigen Tiilikainen klarzumachen, daß seine Zeit in Helenas Heim abgelaufen war. Vielleicht genügte ja schon irgendeine vielsagende Geste. Kalle würde Tiilikainen beim Kragen packen und knurren. Frauen liebten urwüchsige Kräfte.

Nach einer Weile öffnete eine fremde Frau die Tür. Was zum Teufel sollte das? Kalle versuchte, über die Schulter der Frau hinweg in die Wohnung zu spähen, doch sie starrte ihn feindselig an. Kalle fragte nach Helena, und die Frau drehte sich unerfreulich langsam um und entschwand aus seinem Blickfeld. Na also! Jetzt trat Helena in Erscheinung, ganz wie es sich gehörte, und Kalle fragte sie sofort, was die fremde Frau in ihrer Wohnung zu suchen habe. Helena begann, aus welchem Grund auch immer, zu lachen. Sie sagte, sie könne sich an Kalle vom Parkplatz erinnern, und dankte für die Hilfe.

– Was gibt's da noch groß zu danken, sagte Kalle. Jetzt wurde es Zeit für Nägel mit Köpfen. Doch als Kalle die Augen für den entscheidenden Kuß schloß, fiel die Tür vor ihm zu.

Aha, die Frau wollte Spielchen spielen! Kalle kannte diese Tricks, sie gehörten zu den sogenannten Katz-und-Maus-Spielen. Auch Kalle konnte spielen. Er drückte erneut auf die Klingel, aber nichts geschah. Stille. Weise zog Kalle sich zurück, freilich nur vorläufig. Er beschloß, sich auf die Ermüdungstaktik zu verlegen.

Kalle belauerte Helena von dem Platz hinter den Mülltonnen aus. Sie ging am Morgen zur Arbeit, was sie nicht mehr nötig haben würde, wenn erst Kalle die Zügel in die Hand nähme. Helena ging an ihm vorüber, Kalle sog den Frauenduft ein und wartete, bis sie abends wieder zurückkehrte. Doch was seltsam war, auch die Eindringlingsfrau ging morgens zur Arbeit und kehrte abends an denselben Ort zurück. Sie mußte abgeschüttelt werden, denn zwei Frauen konnte Kalle nicht ernähren. Alles hatte seine Grenzen.

Er schmiedete Pläne, bis er sicher war, bereit zu sein für die nächste Runde. Er richtete seine Krawatte und klingelte an Helenas Tür. Dahinter war weibliches Kichern zu hören. Dann stand Helena vor ihm, gekleidet in einen offenherzigen Bademantel. Sie mußte auf Kalle gewartet haben. Er sagte nur das Wesentliche über sich, denn Frauen sollte man nicht zuviel offenbaren. Er erklärte, daß er gekommen sei, um Helena zu holen, aber die andere Frau habe zu verschwinden. Sie dürfe zu Besuch kommen, dann, wenn das Zuhause neu eingerichtet sei. Kalle hatte bereits überlegt, wie er für sich und Helena das gemeinsame Heim renovieren würde, Helena würde ihn anhimmeln und gleichzeitig Kalles Leibgerichte zubereiten. Kalle sagte, daß er Fischstäbchen mit Mayonnaise mochte. Helena sah ihn ein wenig besorgt an. Vielleicht war dies ein gutes Zeichen, bedeutete es doch, daß Helena ein einfühlsamer und fürsorglicher Mensch war, bei Frauen eine Seltenheit.

Dann geschah etwas Eigenartiges. Die Eindringlingsfrau tauchte hinter Helena auf und umschlang sie mit ihren Armen. Kalles Blick erstarrte. Sie gurrte etwas in Helenas Ohr, und Helena drehte sich um und küßte die Frau. Auf den Mund! Und lange!

Kalle schluckte und überlegte, was zu tun sei. Er sah zu, wie die Frauen einander umarmten, Helenas Bademantel zeigte mehr und mehr von ihrer zarten Schulter, und der Lippenstift der anderen Frau wurde überallhin verschmiert. Kalle wurde heiß, seine Gedanken galoppierten schon in alle möglichen Richtungen. Auf einmal begriff er. Helena hatte die Frau für ihn zu sich nach Hause eingeladen. Als Belohnung! Helena und die Frau würden ihm eine Vorstellung bieten, weil Kalle derart lange Mut und innere Stärke bewiesen hatte. Offensichtlich wollten sowohl Helena als auch die andere Frau von Kalle Sex und bedeutungsvolle Nähe. Nach einem Moment der Überlegung beschloß Kalle einzuwilligen. Er berührte Helenas nackte Schulter. Ihre Haut war warm und einladend, aber die Frauen fuhren fort, sich aneinander zu reiben, ohne von Kalle Notiz zu nehmen. Schließlich sah Helena ihn an und sagte: Hör mal, wir sind jetzt etwas in Eile.

Ehe Kalle reagieren konnte, war die Tür wieder zu. Er preßte sein Ohr dagegen, hörte aber nichts mehr. Das

Licht im Treppenhaus ging aus. Von irgendwoher ertönte die Stimme der Abendnachrichten. Kalle war müde, wollte nach Hause. Einen Augenblick stand er da, ging dann die Treppe hinunter und trat auf den Hof. Der Mond schien allein am Himmel. Er würde ihm auf seinem dunklen Weg nach Hause leuchten, dachte Kalle. Er ging zur Würstchenbude, bestellte einen doppelten Hamburger und eine große Pommes. Überraschenderweise belebten die ihn. Was wohl los war in Paves Pub?

Ulla wird wieder ganz

Ulla hat ihr Leben in der Lesben-WG satt. Wahrscheinlich finde ich gerade zurück auf den rechten Weg, denkt sie, als sie Sannas und Siiris sabbrige Knutscherei auf dem Sofa verfolgt. Bei den Mädels ist nicht mehr klar, welche Hand und welches Bein zu wem gehören; die Vorstellung hätte längst ins Schlafzimmer verlegt werden müssen. Ulla sitzt auf demselben Sofa und versucht, bei *Drei Engel für Charlie* dranzubleiben. Sannas Knie verdeckt die Sicht genau in dem Moment, als Farrah in den Pool plumpst. Ulla ist von Natur aus kein Spielverderber, aber alles hat seine Grenzen.

Von den sechs Bewohnerinnen der Museumsstraßen-WG ist Ulla der einzige Single. Minerva will nicht als Single bezeichnet werden; sie ist eine eingefleischte *Junggesellin*, die noch gewisse Prinzipien hat. Das Singletum ist das neueste Komplott der patriarchalischen Gesellschaft, um den selbstzerstörerischen Lebensstil zu fördern. Minervas Stimme wird um einen Bruchteil höher, als sie das Wort »Patriarchat« ausspricht. Weitere rote Tücher sind »Heteromatrix« und »Herrschaftsdiskurs«.

Die Wohnung ist groß, aber die Wände sind aus Papier. Sanna und Siiri sind dreiundzwanzig und haben sich vor einem Monat getroffen. Ihr Zimmer liegt neben dem von Ulla. Jeder Streit zwischen den beiden, die Versöhnung und der Versöhnungssex und auch die Diskussion nach dem Versöhnungssex sind hörbar, während Ulla versucht, sich auf eine deutsche Polizeiserie zu konzentrieren. Sanna und Siiri streiten oft, um Versöhnungssex zu kriegen. Sie gehen in die Sauna, um Sex nach der Sauna zu kriegen, und trinken Kakao in der Hoffnung auf Sex nach dem Kakaotrinken.

Ulla klappert demonstrativ in der Küche, läßt Wasser laufen und hustet Schleim aus der Kehle hoch. Obendrein muß man das süßliche Geglotze der beiden am Frühstückstisch ertragen und die zweideutigen Bemerkungen über saure Milch.

Hinter der anderen Wand sind Kaisu und Tiina dabei, ein Kind zu machen. Die Mumintassen scheppern nur so auf dem Nachttisch, und die Federn des Metallbetts quietschen. Ulla dreht den Walkman lauter. Sie singt zu Mel C., knirscht mit dem Popcorn und rezitiert Gedichte, um von der Stimme des Glücks verschont zu bleiben. Künstliche Befruchtung setzt echte Atmosphäre voraus, klären die Mutteranwärterinnen Ulla auf, die sich erkundigt, ob die Befruchtung nicht auch leiser gelingt.

Ullas letzte Beziehung ist ein halbes Jahr her. Und ein halbes Jahr mit diesen fünf verrückten Nachtschwärmern hinterläßt seine Spuren. Ulla hat angefangen, Männerkörper mit dem gewissen Blick anzuschauen. Ein sicheres Zeichen wahren Mangels: Überraschenderweise erregt sie der nackte Polizistenkörper in *NYPD Blue*. Feste Männerpobacken. Und Männer haben nun mal dieses Organ. Ulla hat die Pimmelfaszination der Frauen nie verstanden. So ein loses und geädertes Gehänge, und in steifem Zustand nahezu komisch. Doch in gewissen Gemütslagen ist man zu allem bereit. Ulla begutachtet die Männerkörper in Modezeitschriften, starrt auf deren Muskeln und versucht, heiß zu werden. Um Minerva zu ärgern, läßt sie die Zeitschriften auf sämtlichen Tischen herumliegen. Minerva kommt ins Zimmer und geht stolzen Schrittes zum Plattenspieler. Eva Dahlgren, zum fünfundsechzigsten Mal diese Woche. Minerva nimmt eine der Gazetten voller Mannsbilder vom Tisch. Sie hält sie mit ausgestrecktem Arm weit von sich und wirft einen mitleidvollen Blick auf Ulla.

Ulla schätzt Minerva. Sie ist ein paarmal in ihre Univorlesung gegangen und war beeindruckt von ihrer Prinzipientreue. Minervas Ziel ist die Verbindung der selbstreflexiven Ironie des postmodernen Radikalfeminismus mit dem blinden Haß der BH-Verbrennerinnen. Ullas Ansicht nach ist ihr das geglückt. Regelmäßig versammeln sich die ehrfürchtigen Massen, um Minerva zu hören, deren Sprache keine überflüssige Ausschmückung enthält.

Minervas Glorienschein strahlt dadurch noch heller, daß sie in der Liebe enttäuscht worden ist. Und nicht in irgendeiner Liebe, sondern in der Großen und Einzigen. Ulla hat so etwas noch nicht erfahren.

Sie setzt ihr Ganzwerdungsprojekt fort, indem sie sich alle Folgen von *Lethal Weapon* ausleiht. Sie verfolgt Mel Gibsons geschmeidigen Gang. Seine festen Beinmuskeln werden noch dicker, als er zum Panthersprung ansetzt. In seinen himmelblauen Augen blitzt es jungenhaft und schelmisch. Ulla schläft auf dem Sofa ein.

Der Sommer naht, das Strandfeeling und die Terrassen. Ulla betrachtet ihre Kleidung (Jeans, eine zu große Hemdbluse und Tennisschuhe) und beschließt, ein feminines Sommerkleid zu kaufen. Nachdem sie in sechs verschiedenen Blümchenkleidern bei Stockmann in der Umkleide gestanden und ihre weißen, haarigen Beine gesehen hat, landet sie schließlich wieder bei einer neuen Hemdbluse und Jeans.

Sanna und Siiri stylen sich für eine Glamourparty. *Einfach alle* kommen dorthin. Sie tragen Make-up auf, berieseln sich gegenseitig die Haare mit Glitter und drehen sich vor dem Wohnzimmerspiegel.

– Seh ich gut aus jetzt? Sanna läßt ihren Vorbau aus dem Korsett quellen. Ulla und Minerva stehen mit Teetassen an der Tür und begutachten das Endergebnis.

– Titten noch mehr raus, ruft Ulla und kommt sich selbst zu alt vor.

Wie mag sich Minerva unter ihnen fühlen, sie geht bedrohlich auf die Vierzig zu. Minerva wohnt *aus Prinzip* in einer WG, sie ist Postkommunistin und Bioveganerin. Sie züchtet Keime auf dem Fensterbrett, hütet unter der Spüle den Kompost und bekämpft alles Private, angefangen beim Autofahren. Sie schüttelt verächtlich ihre langen roten Haare, wenn jemand einen Joghurtbecher falsch wegwirft.

Ulla erklärt sich bereit, mit Tanja in die Heterodisko zu gehen. Wer wäre auch so blöd, zum dritten Mal in derselben Woche in den Teddybärpub zu gehen, nur um festzustellen, daß das Leben elend ist. In der Heterodisko bleiben Jungs und Mädchen ordentlich in ihren Grüppchen. Nach Ansicht der Mädchen ist es die natürlichste Sache der Welt, in engem Stretchsatin und Goldfransentop und diesen Ziegelsteinschuhen zu entspannen. Ulla fühlt sich wohl; hier erwartet niemand etwas von ihr. Und wenn doch, dann bedeutet das nichts. Sie schaut mit Tanja verstohlen auf die Ärsche der Jungs und bewertet sie nach Punkten. So richtig versteht sie nicht, worin die sich unterscheiden, alle flach und unscheinbar, aber sie bemüht sich, einen guten Spruch anzubringen.

Irgendwann am Abend beginnt die Begutachtungsrunde der Hengste. Ulla verfolgt gespannt, wie sie je nach Geschmack aus den kichernden Grüppchen Stuten aufgabeln. Und die interessiert das ja so was von überhaupt nicht. Dann bilden sich die Paare, und die Männer erzählen den Partnerinnen von ihren sportlichen Aktivitäten.

Unweigerlich stellt Ulla sich vor, wie die Mädchen ihre fruchtbaren Jahre und das potentielle Einkommen des genehmen Samenspenders und Familienernährers berechnen, während sie über die Witze ihrer Partner kichern. Tanja zufolge denkt Ulla in Stereotypen. Sie will Ulla gerade sagen, wie widerlich Stereotypen sind, als ein dunkeläugiger Eishockeyspieler sie auf die Tanzfläche holt. Tanja drückt Ulla ihre Handtasche auf den Schoß und läßt sich bereitwillig wegführen.

Ulla steht mit der Tasche an der Wand, jetzt mit leicht verwaistem Gefühl. Sie holt sich ein neues Bier. Alle anderen Mädchen trinken süßen Birnencidre. Es ist der Moment, in dem die Verzweiflung in den Blicken zum Vorschein kommt. Die Pärchen haben sich gebildet, und die Alleingebliebenen lachen betont ausgelassen über die Geschichten ihrer Freunde.

Ulla denkt über Kaisu und Tiina nach, die nicht mehr in die Disko rennen. Sie besorgen sich stapelweise Kochbücher für daheim, verwöhnen sich gegenseitig mit den kulinarischen Erlebniswelten verschiedener Länder und schmunzeln über dieselben Filme. Sie sind wie zwei runde, rotbackige Äpfel, die ein gemeinsames Kerngehäuse haben. Vor ihren Babyplänen haben Kaisu und Tiina über nichts anderes geredet als über die biologische Uhr, und Ulla hat sie verspottet. Um die dreißig hallte deren Ticken dann auch in Ullas Träumen. In ihren Alpträumen sieht sie ihre Gebärmutter bis zur Funktionsunfähigkeit erschlaffen und ihren Arsch so breit wie eine Autobahn werden.

Ulla hält Ausschau nach Tanja, sieht sie aber nicht. Tanja ist Ullas älteste Freundin, die Frau mit dem entsetzlichsten Männergeschmack der Welt. Tanja verliebt sich unglücklich in Drogen- und Hells-Angels-Typen,

Sado-Masochisten und heimlich Schwule. Sie beneidet Ulla um ihr Leben, in dem »menschliche Beziehungen auf der gegenseitigen Wertschätzung zweier Erwachsener basieren«. Ulla bemüht sich nicht, diese Auffassung zu korrigieren.

Sie überlegt, was für ein Betthupferl sie sich gönnen wird, wenn sie nach Hause kommt. Dann steht ein stämmiger, sommersprossiger Junge vor ihr. Er sieht ihr nicht in die Augen, macht nur eine Kopfbewegung zur Tanzfläche hin. Ulla schätzt seine Geste. Sie hängt sich Tanjas Tasche über die Schulter und geht mit. Intuitiv fängt sie an zu führen, erinnert sich dann aber an ihre Position. Der Junge kann nicht führen, wackelt nur mit steifem Rücken auf der Stelle und preßt mit weißen Knöcheln Ullas Hand. Sein Atem geht schnell und schwer, in Ullas Nase steigt der Geruch von Haarspray. Sie mag diesen jungen Mann, der einen Wechselschritt probiert und Ulla auf die Zehen tritt.

– Sorry, stößt er hervor und guckt erschrocken.

– Macht nichts, Ulla lächelt ermutigend. Entspannt lehnt sie sich gegen ihn und versucht ihm zu vermitteln, daß alles in Ordnung ist. Dann bemerkt sie Tanja. Sie hat sich heftigem Knutschen mit dem Eishockeytypen hingegeben, seine Zunge steckt so tief in Tanjas Hals, daß Ulla fürchtet, sie könnte ersticken. Tanjas Gesichtsausdruck nach zu urteilen wird Ulla allein nach Hause gehen müssen. Sie drückt Tanja die Daumen. Auch die hat lange nichts mehr am Laufen gehabt.

Am Morgen hat Ulla einen echten Schädel, obwohl sie nicht mal viel getrunken hat. Die Mädels hüpfen laut und munter herum, im Haar noch Glitter. Ohne auch nur an Kater zu denken, kochen sie Caffè Latte und beschreiben die Kostüme auf der Glamourparty. Siiri hat den ganzen

Abend irgendeine prächtige Transe angehimmelt, die aussah wie die Schlagersängerin Paula Koivuniemi, und ihr schließlich gesagt, daß sie voll echt aussehe, aber dann kapiert, daß das gar keine Transe war. Ulla trinkt ihren Kaffee und betrachtet sich mit Sannas und Siiris Augen: eine am Rande des Grabes schwankende Freaktante, die mit zahnlosem Mund ihren Kaffeesatz schlürft.

Aus der Toilette ertönt ein Schrei. Kaisu stürmt mit großen Augen in die Küche, und sie hat etwas in der Hand. Für einen Augenblick starren alle sie an. Der Schwangerschaftstest ist blau. Tiina kommt hinterher, und die sonst so ernste Frau strahlt wie ein Butterkeks. Allgemeines Freudengeheul. Kaisu wird auf den Stuhl gedrückt, mit Milchkaffee versorgt, und ihre Beine werden hochgelegt. Ulla fühlt sich nutzlos, jetzt, wo sich die heilige Mutterschaft in der Küche niederläßt.

Der Vater ist Homo-Nachbar Jarkko, der am Leben des Kindes teilhaben will. Jarkko bringt ihm Fußball bei, wenn es ein Junge wird, und Verkleiden, wenn es ein Mädchen ist. Vor der Geburt werden Kaisu und Tiina in ein nettes Reihenhaus im Vorort Espoo ziehen, ihre Beziehung registrieren lassen, den Garten pflegen, die WG kommt zu Besuch, und das Kind kriegt ein harmonisches Zuhause. Allein die Vorstellung verschlimmert Ullas Kater.

Minerva plaudert und freut sich mit den anderen, verläßt die Küche aber bei der ersten Gelegenheit, angeblich um zu übersetzen. Ulla weiß, daß Minerva keine Kinder bekommen kann.

– He Minerva, kochst du uns denn keine gesunde Ginseng-Suppe, für Kinder wie für Mütter gut?

– Ich koch schon, sagt Ulla.

Nachdem Kaisu und Tiina ausgezogen sind, muß eine neue Mitbewohnerin her. Ulla, Minerva, Sanna und Siiri sitzen nebeneinander auf dem Sofa, trinken Biowein und verhören die Kandidatinnen. Das Opfer sitzt auf dem Hocker mitten im Zimmer, und dann werden die Werte abgefragt. Naturverbunden und locker muß sie sein, gerne Vegetarierin und natürlich Lesbe. Ullas Ganzwerdungsprozeß ist bereits so weit fortgeschritten, daß sie sich zur Anhängerin Minervas erklärt hat. Gemeinsam verteidigen sie den Ruf der eingeschworenen Junggesellinnen, mögen die anderen folgen. Ullas Wert ist in Minervas Augen gestiegen; sie haben beim Tee viele ergiebige feministische Diskussionen geführt.

Allerhand Bewerberinnen schneien herein; ein WG-Platz im Stadtteil Töölö ist in der Hauptstadt heiß begehrt. Aus dem Gerede des grünhaarigen Mädchens wird man nicht schlau, weil ihre Lippen und ihre Zunge voll Metall sind.

– Hä? fragen Sanna und Siiri immer wieder, als das Mädchen ihre Daten herunterstammelt.

– Also *waas*? Zum Schein sehen sie sich gegenseitig fragend an. Sie genießen die Situation, in der sie früher selbst gesteckt haben. Schließlich erbarmt sich Ulla der Grüngefärbten und führt sie zur Tür.

– Wir kommen auf die Angelegenheit zurück.

Das patente Naturschutzmädchen Mari wirkt vielversprechend, ausgewogen fröhlich und tierlieb, kommt aber aus Turku.

– Dieses Kauderwelsch werd ich mir am Frühstückstisch nicht anhören, quittiert Minerva die Sache, als das Mädchen weg ist. Die anderen sind derselben Ansicht.

Keine traut sich so richtig, einem mit Lederweste und Stirnband ausgerüsteten Muskelpaket Fragen zu stellen.

Mürrisch schiebt die Kandidatin Ulla ihre Infos in die Hand, und die anderen beugen sich über den Zettel: Jaana, Rufname Jartsu, Erfahrung in der Metallverarbeitung. Vertrauenswürdige Mieterin, besitzt drei von der Oma geerbte Harley-Davidsons. Die Frauen schauen einander an.

– Statt mit einer verpestest du die Umwelt also mit drei Maschinen, versetzt Minerva.

– Jawoll, aber mit denen geht's ab. Jartsu macht zum ersten Mal ihren Mund auf, und sie hat eine unglaublich piepsige Stimme. Sanna muß husten und stürmt in die Küche, Wasser trinken.

– Und wenn eine einen verspannten Nacken hat – das hab ich auch ganz gut im Griff, massagetechnisch, piepst Jartsu und läßt ihre Knöchel knacken.

Keine taugt für die Museumsstraßenkommune, eine Probandin ist geschmackloser als die andere. Dann kommt Oona herein.

Oona hat dunkle Louise-Brooks-Haare und eine Stupsnase, die nicht dazu paßt. Die anderen fragen Oona nach ihren Lebensgewohnheiten, doch Ulla hört nicht zu. Sie sieht Oonas Lächeln und ihre Zähne und schlürft ihr Weinglas leer.

– Also, paßt Oona nicht ganz gut in unsere kleine WG?

Die anderen starren Ulla an.

– Ich mein, niemand hat uns gefallen, und mich nerven diese Verhöre schon.

– Oona, was erwartest du dir davon, hier zu wohnen? versucht es Minerva noch einmal. Aber Oona schaut Ulla an und Ulla Oona, und alles sieht auf einmal etwas anders aus.

Kalles neues Leben

Kalle kaute an seinen Nägeln, weil ihn die Tischnüßchen in Paves Pub schon anwiderten. Sein Mund war trocken und salzig, sein Gesicht war rot und gab Aufschluß über die einwöchige Trauerarbeit. Helena war Geschichte.

Die Situation war unhaltbar, hatte aber auch ihre guten Seiten. Kalle interessierte sich wieder für den Lauf der Welt, und als Kumpel Humppila, der neben ihm an der Theke lehnte, vorschlug, Dichter zu werden, war Kalle sofort bereit. Die Dichtung betrügt einen nicht, sagte Humppila. Kalle sah seinem Kumpel in die Augen und begriff, daß der nicht spaßte. Er lief nach Hause in die Perkiöstraße und begann nachzudenken. Dichter tranken viel, das war also kein Problem. Das Wissen über die Frauen und die wahren Werte des Lebens war ihm ebenfalls geläufig. Doch an der Optik mußte noch gearbeitet werden. Baskenmütze und Cordsamtjacke besorgte sich Kalle für fünfzehn Finnmark vom Flohmarkt und sah darin seiner Ansicht nach unberechenbar aus. Er übte sich im Pfeiferauchen. Der bittere Geschmack wurde durch den Gesamteindruck wettgemacht, der sich einstellte, wenn man mit der einen Hand die Asche aus der Pfeife klopfte und sich mit der anderen durch den Bart strich. Mit Gesten, die durch die eigenen Gedanken zusätzlich veredelt wurden.

Blieb nur noch ein Gedicht zu schreiben. Kalle dachte über die Jahreszeiten nach, die vier Elemente und den deutschen Schäferhund der Nachbarn, und gleich drei Gedichte sprangen dabei heraus. Er mixte seine Gedanken zu Strophen und ordnete sie auf dem Papier neu an. Die nächsten drei Gedichte skizzierte er auf dem Balkon sitzend und die Pfeife ausklopfend, und auch der Rotwein half bei dieser Angelegenheit.

Humppila, im bürgerlichen Leben Lektor, las Kalles Gedichte und war beeindruckt. Auf seinen Rat hin nannte Kalle sich fortan Männerdichter. Männerdichter waren angesagt, vor allem, wenn sie Helsinki-Aphorismen schrieben, vom Angeln redeten und Pfeife rauchten.

Nach vier Nächten war Kalles Gedichtband fertig. Humppilas Meinung zufolge ging es darin um die urbane Bedrängnis des heutigen Mannes in der postmodernen Gesellschaft, und Kalle hatte keinerlei Einwände. Auf Humppilas Wunsch nahm er noch einen Künstlernamen an: Aus Kalle wurde Toni Umpio.

Das Leben schmeckte süß, sein Debüt *Betonhüfte* war ein Erfolg, und die Frauen verstanden endlich Kalles Eigenart. In Interviews konnte er vor laufender Kamera Sätze äußern, die er immer schon laut hatte äußern wollen. Es war, als würden die mit den Jahren entstandenen Staudämme dem Druck der Wassermassen nachgeben und sich öffnen.

Kalle bekam eine eigene Kolumne. Toni Umpio hatte etliches zu sagen: über Frauen und Kunst und Besteuerung und Natur und unbenennbare Sehnsucht. Seine wilde Seite übernahm die Herrschaft, der Strom seiner Worte erhob seine Seele in neue Dimensionen. Tonis Welt kannte keine Grenzen mehr. Beim Ausgehen scharten sich lauter neue Freunde um ihn. Kalle war entzückt. Er konnte zwar längst nicht alle Fragen beantworten, gab aber in solchen Fällen immer eine Runde aus. Das wirkte.

Der Gang zum Supermarkt war nicht mehr der Gang zum Supermarkt. Er war eine Stellungnahme. Laut Humppila war jetzt die Zeit des »natürlichen, aber modebewußten Öko-Mannes, der seine Werte auch in den

Details überprüft«. In einer Frauenzeitschrift erschien ein Artikel über Kalle beim Einkaufen: Im Text erkannte er sich nicht wieder, auf den Bildern aber sah er repräsentativ aus. Kalle fing an, die Waren im Laden kamerafreundlicher auszuwählen, und stahl sich spätabends zur Imbißbude, um Fischstäbchen mit Mayonnaise zu holen.

Die Frauen sammelten sich vor Kalles Tür. Nachdem er sein Innerstes bereits in Gedichte und Kolumnen gegossen hatte, konnte Kalle ihnen jedoch nicht viel erzählen. Er lernte, sich über den Hinterhof in seine Wohnung zu schleichen, die Jalousien herunterzulassen und abends im Dunkeln zu sitzen. Kalle fühlte sich umzingelt. Die Frauen kamen ins Treppenhaus, schickten Schokolade und folgten ihm, wohin er auch ging. Viele der Frauen wollten von Kalle bedeutungsvolle Nähe, und eine wollte ihm ein Kind schenken. Manche schienen irgendeinen Groll gegen ihn zu hegen.

Auch die Stammkundschaft aus Paves Pub benahm sich anders als sonst. Pertti bot Kalle einen Hocker an, beantwortete seine Fragen aber mit seltsamen Bildern. Kalle erkundigte sich nach seinen Kindern, und Pertti sagte: In den Kindern liegt die Zukunft, nicht in Büchern. Olavi hatte aufgehört zu grüßen.

Eines Tages auf dem Zebrastreifen mußte Kalle die Beine in die Hand nehmen, weil eine wildgewordene Horde Fans auf ihn zustürzte. Kalle rannte und rannte und hörte ein schweres Schnaufen hinter sich, sein Herz schlug ihm bis zum Hals und wollte sich auch dann nicht beruhigen, als die Haustür hinter ihm zugefallen war.

Kalle rief Humppila an. Der verstand seine Nöte nicht und fragte nach der Thematik des nächsten Gedichtbandes. Kalle legte den Hörer langsam auf. Einsam kochte er sich einen Hagebuttentee, weil der Rotwein in den letzten Monaten nicht mehr so richtig schmecken wollte. Er betrachtete den Boden und vermißte die Erdnüsse aus Paves Pub.

Der Schnee bedeckte die Perkiöstraße, und nach und nach wurden es weniger Frauen. Kalle war erleichtert. Er konnte bereits wieder ungestörte Spaziergänge im Park unternehmen, wo die Zweige immer schwerer wurden und die Fußspuren der Kinder sich in blaue, überraschende Pfade verwandelten. Während Kalle sie betrachtete, überlegte er, wie er seine Gefühle in der nächsten Kolumne veranschaulichen konnte. Doch auf einmal stellte er fest, daß ihm die Lust dazu vergangen war. Er stand da und sah zum Himmel: Er wurde dunkler und dunkler, und um ihn herum leerte sich der Park.

Humppila akzeptierte Kalles Sinneswandel nicht und wiederholte immerzu denselben Satz von der einmaligen Gelegenheit und dem Öffnen neuer Türen. Kalle blieb stur. Er entspannte sich, indem er im Fernsehen Sport schaute und mit Kronkorken in den Abfalleimer zielte. Er hängte auf dem Balkon einen Weihnachtsstern auf und vermißte jemanden, er wußte nur nicht recht, wen.

Eine fremde Frau mittleren Alters schob ihm Notizzettel durch den Briefschlitz. Während die übrigen Bewunderer schon längst aufgegeben hatten, harrte sie weiter vor seiner Tür aus. Sie sprach nicht, lächelte Kalle aber an, wenn er zum Einkaufen die Wohnung verließ, und Kalle lächelte zurück. Die Zettel sammelten sich in seinem Flur zu einem ordentlichen Stapel. Kalle aß allein Pfefferkuchen. Schließlich las er eine der Botschaften und dann auch den Rest. Als Antwort schrieb er auf einen Zettel »Meine Dichtungsader ist verstopft« und schob ihn der Frau durch den Briefschlitz.

Der Zettel kam rasch wieder zurück. Kalle las, was die

Frau geschrieben hatte. Er öffnete die Tür und sah ihr zum ersten Mal in die Augen.

Muß man schon sagen

Als ich so neben Ritva in dem Einkaufszentrum rumging, hatte ich das Gefühl, sie ist irgendwie unter meinem Niveau. Weil sie mich so komisch aus den Augenwinkeln ansieht beim Reden, ob ich auch zuhör. Da haben mich ihre Storys dann überhaupt nicht mehr interessiert, und ich hab gehofft, daß uns jemand entgegenkommt und ich hinterhergucken kann; Ritva würde sofort nachhaken, und ich würde lächeln, als wär ich überrascht.

Zu Hause hab ich Ritva mir die Stiefel ausziehen lassen, und eigentlich ist sie ja gar nicht übel, nette Schneidezähne und Knie. Eigentlich hätte sie durchdrehen müssen wegen dem Fransenteppich, war 'ne richtige Aktion, den einzusauen.

Und überhaupt, wie kann jemand eigentlich Ritva heißen. In unserem Alter heißt man einfach nicht Ritva. Fehlte noch, daß sie Sylvi heißt. Sylvi Pärssinen. Ich weiß nicht, aber ich hab das Gefühl, aus mir wird noch was, so 'n intellektueller Typ, der im Fernsehen schlau nickt und zivilisierte Selbstironie pflegt. Bo Carpelan oder so jemand.

Aber ich weiß nicht, ob ich Ritva mitnehme. Ich mein, wenn sie wenigstens Mia oder Maria heißen würde. Manchmal ist das in so 'ner Vorstellungsrunde richtig peinlich, die ganze Stimmung ist vermiest. Ich schau mir immer an, was die Leute für Gesichter machen, und kapier ganz genau, was los ist, so scharfsinnig bin ich schon.

Jetzt verzieh ich mich aber schleunigst, gestern ist hier schon so eine dämliche Halbcousine vorbeigekommen, nur um rumzugammeln, aus der Pampa von Pihtirönkä ist die wohl. Sieht genauso aus wie Ritva und wollte sofort die drei Tenöre bei ihrem Auftritt in der kalifornischen Nacht gucken. Ritva hat hektisch in den Videos rumgekramt: Die Pinguindoku sehen wir auch noch mal, und: Wie schön, Verwandte zu haben. Ich hab mir Tee gemacht und auf Fragen nicht geantwortet. Den ganzen Abend hab ich im Nebenzimmer gelesen und die beiden quatschen lassen. Ich hab gehört, wie sie eine Weinflasche aufmachen und Pavarotti nachäffen. Die hatten absolut dieselbe Lache, Ritva darf mit Alkohol gar nicht erst anfangen. Das Buch handelte von der Wanderung der Neunaugenschwärme zur Sargassosee und war wirklich sehr interessant, muß man schon sagen.

Jaska meinte heute, als wir beim Squashen waren, die hat richtig funkelnde Augen, die Ritva. Mein Arm war total im Arsch, Sehnenscheidenentzündung, schon fast einen Monat. Das dritte Spiel hab ich beinah verschenkt – ich spiel eben mehr aus Spaß an der Sache, da ist der Sieg nicht so wichtig.

Ich hatte vor, Jaska danach auf einen Schnaps einzuladen, aber dann hab ich ganz spontan entschieden, was vom Chinesen zu holen, und Ritva und ich haben zu zweit gegessen. Ritva hat Salat mit Shrimps und Ananasscheiben gemacht, und ich hab ihr die Füße massiert.

Was weiß denn Jaska schon von den kleinen Freuden einer Beziehung. Wir sind noch bis halb drei aufgeblieben und haben gelacht, und ich bin gar nicht müde.

Anders

Als der Baum auf meine Mutter fiel, war ich neun Jahre alt. Seitdem war ich nicht mehr ich selbst, aber auch an meiner Mutter konnte man Veränderungen wahrnehmen. Sie bewegte sich zum Beispiel anders, langsamer oder schneller als früher. Sie suchte keine Abenteuer mehr im Garten. Ihr Rücken hob sich nicht als heller Fleck von den wogenden Gräsern im Schatten des großen Baumes ab, denn auch den Baum gab es nicht mehr. Die Brüder guckten aus dem Fenster auf den leeren Garten, sie waren schnell größer geworden. Zwischendurch sahen sie mich langsam von unten herauf an, sie reichten mir bis zur Hüfte, und meinen Magen durchzog ein feiner Schmerz. Ich tätschelte ihnen dann den Kopf, was eine falsche Bewegung war, denn unsere Mutter hatte das früher oft so gemacht. Hatte uns leise von allem erzählt und uns übers Haar gestrichen in der blauen Gartenschaukel, in der sie nicht mehr sitzt. Außer in dem Traum, in dem ich mit dem Drachen zum Haus laufe und meine Mutter mir aus der Schaukel beide Hände entgegenstreckt, stolz stehen die weißen Lilien, ihre Lieblingsblumen, und ihre schwerelosen Haarsträhnen wehen im Windhauch zum Himmel. Es dauert einen Moment, bis ich erfasse, was anders ist: Im Traum bewegt meine Mutter sich anders, langsamer oder schneller als früher.

Geheimnis

Die Sonne goß die Straße vor mir hell aus und machte sie leicht begehbar. Meine Schritte trugen meinen Körper mühelos, und die Häuserwände über mir strahlten ein weiches Licht ab. Ich kam von meiner Geliebten, und nichts konnte mein Lächeln zügeln. Dennoch lag etwas Seltsames in der Luft.

Ein Freund kam mir entgegen. Durch dieselbe erleuchtete Straße ging mein alter Freund, dem ich alles von meinem Treffen erzählen wollte, von den schönen Augenblicken, damit ihm bewußt wurde, daß ich mein Glück mit ihm teilte. So würde das Glück noch vollkommener sein. Wir begrüßten uns, ich lächelte, und er lächelte ebenfalls, ich öffnete meinen Mund und offenbarte den Grund meines Lächelns. Ich beobachtete seine Miene, mir drehte sich der Magen um, ich mußte mich an die Steinwand lehnen.

Was hatte ich doch gleich gesagt? Wir standen einander gegenüber, und er antwortete.

– Was? mußte ich fragen, denn mein Hörvermögen hatte sich überraschenderweise verschlechtert. Und er wiederholte seine Bemerkung, die den geheimen Augenblick mit meiner Geliebten betraf, der eigenartig geendet hatte, doch wie konnte er jetzt etwas Derartiges sagen? Hatte ich ihm etwa zuviel anvertraut?

Ich packte meinen Freund am Kragen, begriff aber gleich, daß er groß war, und ich war mir auch nicht mehr sicher, ob in seinen Worten etwas Verletzendes gelegen hatte oder in meinen. Ich schaute mir sein Gesicht genau an, stellte mich sogar auf die Zehenspitzen. Mit einem Mal kamen mir die gerade vergangenen Minuten recht verschwommen vor, und ich bat ihn, mir zu sagen, was passiert war. Seine Erklärungen waren jedoch nicht befriedigend, sondern vielmehr verworren und verlogen, und an seinem Lächeln konnte ich sehen, daß er noch etwas anderes wußte.

Ich sah direkt nach oben in den Himmel, wo immer noch dieselbe Sonne an die zurückliegende Stunde erinnerte. Das hellte meine Stimmung und meine Erinnerungen auf. Ich konzentrierte mich, trat zwei Schritte zurück, um meinen Worten mehr Gewicht zu verleihen, und sagte meinem sogenannten Freund, was ich von ihm hielt. Ich blieb als Sieger zurück und dachte, daß er letztlich nichts wissen konnte. Jedenfalls nichts Wesentliches, denn solche Angelegenheiten sind allein mir und meiner Geliebten vorbehalten.

Ich lief hinter dem Freund her; er hätte an der Ampel die Straße überquert, wenn ich ihn nicht davon abgehalten hätte. Ich erzählte alles. Er hörte durchaus zu, doch gleichzeitig war seine Konzentration gestört. Der Freund machte Hm! als Zeichen der Aufmerksamkeit, aber seine Gedanken schweiften trotzdem ab. Beherzt packte ich ihn an den Ohren und beugte mich vor, um die wichtigen Worte in eines hineinsprechen zu können. Wir richteten uns wieder auf. Ich beobachtete ihn erneut. Der Freund wog meine Worte ab, doch ich war immer noch nicht mit ihm zufrieden. Dann hatte ich seine Begriffsstutzigkeit satt und ging weiter.

Aber die Sonne traf erneut meine Augen. Wieder blitzte die Erinnerung an die Ereignisse in dem dämmrigen Dachzimmer in meinem Geist auf, und die Straße vor mir gewann ihr Strahlen zurück. Der Schatten über allem war noch immer gegenwärtig.

Ein vertraut aussehender Mann kam mir entgegen.

Dieselbe schwarze Jacke wie mein Vater. Ich ging zu ihm hin, da er nun einmal alles wissen wollte und sogar dieselben Manschetten trug wie einer meiner Freunde. Ich konnte sehen, daß er sich brennend für das Treffen mit meiner Geliebten interessierte, aber ihm würde ich nur Auszüge erzählen.

Wie ich da in der Sonne stand, fühlte ich alle Kraft aus mir herausrinnen, und ich konnte eben doch nicht sprechen von diesem eigenartigen, furchtbaren Moment im Dachzimmer, als meine Geliebte von mir Abschied nahm.

Sinikka Tamminens seltsames Vakuum

Sinikka Tamminen begann sich zu fühlen, als segelte die Welt vorbei, und sie hätte keinen Zutritt zu ihr. Vorbei zogen bekannte und unbekannte Gesichter, wie in einem gestohlenen Traum. Zwischen ihnen und ihr hatte sich eine Glaswand gebildet; Sinikka hatte nur nicht bemerkt, wie und wann das geschehen war. Manchmal schien die Wand so klar und dünn, daß man sie beinahe durchdringen konnte: Das richtige Wort im richtigen Augenblick, das Lächeln eines Entgegenkommenden, der sie wiedererkannte, oder ein Lied aus ihrer Jugendzeit ließen Sinikka alles vergessen und einen Moment lang mit sich eins sein.

Immer öfter war die Wand verschmutzt. Sie verdunkelte sich und wurde nahezu undurchsichtig, und da begannen Freunde, sie zu meiden, und Unbekannte, ihr auf der Straße auszuweichen. Sinikka gab ihr Bestes, um natürlich auszusehen, auf die Fragen eines Bekannten die richtigen Antworten zu geben und den Unterricht ihrem Ruf gemäß gewissenhaft abzuhalten. Aber die Kinder sahen mit großen Augen von ihren Tischen zu Sinikka, die fürchtete, daß das Quietschen der Kreide ihren Kopf in Splitter reißen würde. Die Frage von Santeri aus der ersten Reihe trieb Sinikka die Tränen in die Augen. Ebenso die Kommentare des erstaunten Direktors, und schließlich war die Krankschreibung Tatsache. Im Lehrerzimmer war das Mitgefühl nicht überwältigend.

Sinikka wohnte zusammen mit einem alten Freund in einem hübschen Steinhäuschen, vor dessen Fenstern andächtig eine Herbstlandschaft lag. Sie hatten ihre Lieblingsbilder aufgehängt, gemeinsam eine Yuccapalme angeschafft und lebhafte Diskussionen über Bücher geführt. Aber die Betten waren längst auseinandergeschoben, und nur noch selten war man einander böse.

In der Straßenbahn war Sinikka zum Weinen zumute. Sie traute sich nicht, dem Fahrgast neben ihr zu sagen, daß sie an der nächsten Station aussteigen mußte, sondern knirschte leise mit den Zähnen und hielt die Tränen bis zur Endstation zurück. In der Schlange an der Kasse war Sinikka zu keiner Bewegung fähig, denn die Glaswand verdunkelte sich wieder: Sie schien auf sie zu fallen und ihr den Weg zu versperren. Sie schlug mit ihrer Tasche nach dem nächsten Kunden und stolperte im Kreuzfeuer der finsteren Blicke auf die dunkle Straße.

Im November entdeckte Sinikka ein neues Hobby: nächtliche Telefonate. Tagsüber war es kein Vergnügen, mit jemandem zu reden; die Leute waren voller Arbeitseifer und wollten von der Zukunft sprechen. Nachts war das anders. Selbst der energiegeladenste Freund hörte sich schlaftrunken und überrumpelt an und war außerstande, auf Sinikkas Fragen schlau zu antworten. Einige Freunde legten endgültig auf, aber eine Bekannte hörte Sinikka viele Nächte lang zu und gab sogar Antwort, bis sie einmal am anderen Ende der Leitung zu schnarchen begann.

Sinikka saß im Dunkeln auf dem Küchenhocker und blätterte im Telefonbuch. Daraus war ein beruhigendes Ritual geworden. Gewisse Namen stachelten Sinikka ganz besonders an. Als ob sie dazu einladen würden, nachts um drei anzurufen und einige gewählte Worte anzubringen. Erkki Suurpää, Dozent; dem Namen nach ein Mann mit großem Kopf. Als Sinikka seine Nummer wählte, strotzte sie vor Diskussionseifer, aber Suurpää, wiewohl Dozent, hatte absolut keine Meinung zu vertreten.

In einer Nacht entschied Sinikka sich für die Nummer einer Frau mit alt klingendem Namen, die sogar wach war; sie machte sich Milch warm und erzählte von ihrem Kater.

– Rudolf hat die Gestalt meines verstorbenen Mannes angenommen. Er guckt jetzt ganz genauso und bewegt sich sogar wie er. Ein großes Geschenk ist das. Ich brauche keinen anderen mehr in meinem Leben, weil ich Rudolf habe.

– Ist er nicht ein wenig schweigsam?

– Liebe Freundin, ich kann an Rudolfs Haltung erkennen, was er denkt. Er erzählt mir Dinge, die ich zu Reijos Lebzeiten nicht einmal im Traum zu hören gekriegt hätte. Weißt du, durch Rudolf hat Reijo mir gesagt, daß er mich liebt. Und das zweimal.

Tagsüber entwickelte Sinikka eine Routinetour vom Bett zur Kaffeemaschine, von dort zum Kühlschrank und zurück zum Bett. Ihre Favoriten waren die gehaltvollen Budapest-Pralinen, besonders zusammen mit schwarzem Kaffee. Nach draußen zog sie nichts, Hautprobleme waren unvermeidlich.

Vor Weihnachten verließ der Freund die gemeinsame Wohnung, nahm seine Bilder mit und gab zu verstehen, daß die lange Freundschaft nun schon allzu lang gedauert hatte. Sinikka setzte dem nichts entgegen, stand nur im Flur und blickte fast erleichtert auf die sich schließende Tür.

Als sie von den nächtlichen Gesprächen genug hatte, warf Sinikka sich in Schale und ging in die Disko, um sich Männer anzusehen. Früher hatte sie sich nicht sonderlich viel aus ihnen gemacht, doch jetzt wurden sie zu einer fixen Idee. Sie nahm einen ordentlichen Schluck oder zwei, holte tief Luft und stürzte sich auf die Tanzfläche. Beim Tanzen vergaß sie das zu eng sitzende Kleid, die Glaswand und die schiefen Blicke, an die sie sich in letzter Zeit gewöhnt hatte. Sie wackelte mit den Hüften, löste ihren Haarknoten und schwang die Haare wild umher. Wenn auch nur der Schatten eines Mannes vor ihr auftauchte, sog Sinikka ihn begierig mit ihren Blicken an, gab eindeutige Zeichen und machte nahezu alles mit, sobald sie zu Hause angekommen waren. In immer kürzeren Abständen schleppte Sinikka Männer ab, es spielte keine Rolle mehr, wer neben ihr einschlief. Die Nachfrage war groß, trotz unreiner Haut. Bald beherrschte Sinikka Tricks, von denen sie wußte, daß sie in jeder Lage funktionierten. Nachdem sie bekommen hatte, was sie wollte, wollte sie wiederum nur ihre Ruhe, Budapest-Pralinen und das nächtliche Radioprogramm. Doch viele der hungrigen Typen fanden, daß das zuviel verlangt war.

Morgens waren die Wände wieder da. Sinikka kauerte zwischen ihnen, die Kaffeetasse in der zitternden Hand, und sah aufs neue einem Rücken hinterher.

Sinikka Tamminen durchschaute ihre ganze Situation an einem Donnerstag morgen um vier, als sie mit dem Geschlechtsteil eines wildfremden Mannes in der Hand im Klo der Disko stand. Sie sah sich selbst samt ihrer Hand im Spiegel und konnte ein Kichern nicht mehr unterdrücken. Der Mann lehnte sich zurück, die Augen geschlossen, in seliger Ahnungslosigkeit.

– Bin ich das? fragte Sinikka. Der Mann öffnete seine Augen und wurde in ihrer Hand kleiner denn je. Sinikka mußte lachen und sah ihm zu, wie er mit seinem Reißverschluß kämpfte. Sie war dermaßen müde, daß ihr Körper und Geist weh taten.

Am nächsten Morgen ging sie zum Arzt, und noch ehe sie ihre Empfindungen vollständig geschildert hatte, stellte er ihr schon ein Rezept aus. Er reichte ihr den Zettel, ohne sie anzusehen, und wandte ihr auf seinem Stuhl den Rücken zu. Sinikka starrte auf das Rezept und wich langsam zur Tür zurück. Sie holte das Aufputschmittel in der Apotheke ab, ging nach Hause, zog Jacke und Stiefel aus, schlüpfte in ihr Nachthemd und ließ Wasser aus dem Hahn laufen. Die weiße Tablette sah auf der flachen Hand extrem klein aus. Und was, wenn man mehrere auf einmal nahm? Dann fing sie an, den Beipackzettel zu lesen.

Sinikka spülte die Pillen die Toilette hinunter. Sie wollte keinen verstärkten Bartwuchs.

Weihnachten verbrachte sie allein, ebenso Silvester. Sie sah vom Fenster aus die Raketen knallen, dichtgedrängt explodierten sie am Himmel und verursachten einen gelblichen Schimmer am Horizont. Kinder warfen im Hof mit Böllern. Sinikka öffnete eine neue Budapest-Schachtel.

Den Januar über sah sie fern. Sie rätselte, weshalb Doktor Mark von Heirat mit Deborah sprach, obwohl die bei einem Bombenattentat ums Leben gekommen war. Es gab ein ewiges Hin und Her mit den Hochzeitsvorbereitungen; Sinikka hatte langsam genug. Eines Tages marschierte Deborah quicklebendig zur Tür herein: Die Verstorbene war nämlich die Zwillingsschwester Tristana, deren Haare ein bißchen blonder waren.

Draußen brach der Frühling an, aber nicht in Sinikkas

dunkler Wohnung. Die Teppiche waren von hartnäckigen Schokoladenflecken übersät, die unter den nackten Füßen als flache Verhärtungen fühlbar wurden.

In einer Nacht erwischte Sinikka am Telefon einen freundlichen Gärtner. Er gähnte herzhaft und schlug ihr dann vor, Sommerkurse an der Universität zu belegen. Dort gebe es inspirierende und vielseitige Teamarbeit. Sinikka bezweifelte das. Andererseits hatte sie die dunklen Wände um sich herum gründlich satt.

Sinikka spähte durch den Spalt zwischen den Gardinen. Sie sah grünende Birken und eine schwarzgekleidete alte Frau, die langsam über den Hof ging. Sie blieb nach jedem dritten Schritt stehen, um Luft zu holen, und setzte dann ihren Weg fort. Sinikka schaute der Frau zu. Sie hielt erneut an und sah zu Sinikka herüber. Sinikka stand am Fenster und war unfähig zu handeln. Unruhig nestelte sie an den Gardinen und sah, wie sich die Hand der düsteren Alten in die Luft hob und ihr Finger auf sie wies. Sie zeigte mit dem Finger auf Sinikka und lächelte.

Sinikka erfaßte eine solche Panik, daß sie die Gardinen zur Seite zerrte, das Fenster aufriß und beinahe geschrien hätte. Sie sah noch einmal hin – die Frau war fort. Der Hof war leer, und das helle Licht des Frühlings tat Sinikka in den Augen weh. Schnell schloß sie das Fenster, aber die frische Luft war bereits hereingekommen. Die Wollmäuse bewegten sich ruhelos auf dem Fußboden. Sinikka ging in einer seltsamen Stimmung zu Bett. Die Budapest-Pralinen schmeckten am Gaumen widerlich süß.

Am Morgen zog Sinikka zum ersten Mal seit langem wieder Tageskleidung an. Sie warf einen Blick auf ihr Bild im Spiegel und versuchte, sich zuzulächeln. Der Mund dehnte sich zu einem eigenartigen Grinsen. Sinikka kämmte ihre verfilzten Haare, trat hinaus und schloß die Tür hinter sich. Sie folgte ihren Füßen in den Park, auf dessen gegenüberliegender Seite die Universität lag. Immer wenn sie dort ankam, wandte sie sich ab und drehte eine neue Runde durch den Park. Sie zählte die Bänke, vierzehn, und die Eisbuden, drei. Der Sand knirschte unter ihren Schuhen. Sie beobachtete ihre Schritte und überlegte, wohin in aller Welt sie unterwegs war. Der Park war voller überwältigender Naturgerüche, die bei Sinikka Übelkeit auslösten. Doch am Lächeln des Universitätsangestellten, der die Einschreibungen betreute, merkte sie, daß sie etwas Außergewöhnliches getan hatte.

In der Sommeruniversität stieß Sinikka auf Kerttu, eine kleine sonderbare Frau aus demselben Kurs, dem einzigen, zu dem Sinikka sich hatte aufraffen können. Kerttu hatte schwarze, abstehende Haare und einen stechenden Blick, und viele hätten sie als flegelhaft beschrieben. Immer wenn Sinikka Kerttu betrachtete – ihr angriffslustiges Schimpfen, ihre unpassenden Ausbrüche und die Veganer-Nahrung, die das Mädchen stets allein in einer Ecke in sich hineinmümmelte –, fühlte sie sich fast normal.

Der Unterricht behandelte die quantitativen Entwicklungen der Gegenwartsphilosophie. Der Dozent stand die meiste Zeit mit dem Rücken zur Gruppe und sah wehmütig zum Fenster hinaus. Sein grauer Bart bebte leise, und manchmal schien es Sinikka, als sei er kurz davor, in Tränen auszubrechen. Sinikka setzte sich neben Kerttu und bot ihr Tee aus der Thermoskanne an. Sie wußte, daß Menschen wie Kerttu grünen Tee ohne jegliches Aroma tranken, und genau solchen Tee hatte sie am Vortag im Reformhaus besorgt. Kerttu, die aus Lappland kam, würdigte Sinikka nicht eines Blickes, nahm aber den Becher murrend entgegen. Dieser Tee wurde zu einem neuen Ritual. In den Pausen setzte sich Sinikka mit der schwarzhaarigen Kerttu zusammen, schlürfte heißen Tee, der nach Wald schmeckte, und sah sich staunend um.

Kerttu hatte angefangen, mit ihr zu sprechen: Sie blickte kurz unter ihren Augenbrauen hervor, schleuderte ihr etwas entgegen und gab ihr keine Gelegenheit zu antworten. Sinikka brauchte gar nichts zu sagen, sie ließ sich einfach vom Wortschwall des Mädchens davontragen. Kerttu sprudelte über vor Ideen. Sinikka sah in Kerttu sich selbst, als sie noch jünger war, als die Dinge eindeutig und klar waren und sie hoch über ihnen stand. Weltweite Revolution, Einstürzende Mauern, die Große Wende der Menschheit, die Ekstase des Textes, die Politische Explosion. Die Großbuchstaben verschwammen, als Sinikka eine Lektion nach der anderen, schnell und präzise ausgespuckt, von den schmalen Lippen ablas. Das Thema des Sommerkurses wurde zur Nebensache.

Auf dem Nachhauseweg sog Sinikka die Luft in tiefen, prüfenden Zügen ein. Ihr fiel auf, daß ihre Heulanfälle seltener geworden waren. Zu Hause versuchte sie, absichtlich ein paar Tränen hervorzupressen, aber ihre Gedanken gerieten auf Abwege. Sinikka ärgerte sich beinahe.

Kerttu verlor schnell das Wohlwollen der anderen Kursteilnehmer. Nur Sinikka ertrug ihre fanatischen Reden, auch wenn die Wut in ihr hochstieg; in keiner Angelegenheit waren sie derselben Meinung. Kerttu war ein wahrer Plagegeist, und Sinikka beschloß, sie zum Tee zu sich nach Hause zu bitten.

Es half nichts, sie mußte putzen und die Fenster gründlich schrubben. Nachdem Sinikka den Fußboden von Schokoladenpapier und ausgerissenen Telefonbuchseiten befreit hatte, erkannte sie ihre eigene Wohnung fast nicht wieder. Immer deutlicher schimmerte die Welt hinter den Fenstern hervor. Der Schwamm in Sinikkas Hand vollführte einen resoluten Bogen. Am Ende glänzte der Boden derart, daß man sich beinahe darin spiegeln konnte. Sinikkas Ohren glühten vor Aufregung.

Kerttu traf ein, warf jedoch aus Prinzip den Kopf in den Nacken, verkündete die haarsträubendsten Dinge und wechselte ständig das Thema. Als Sinikka Tee eingoß, schaute Kerttu mißtrauisch, schnupperte an der Flüssigkeit und nippte schließlich mit geschürzter Unterlippe. Eine erbitterte Trostlosigkeit machte sich auf ihrem Gesicht breit. Sinikka knirschte mit den Zähnen und bot Hefezopf an, mit dem sie verhältnismäßig normal zur Kasse gegangen war; sie hatte die Kassiererin angelächelt, bezahlt und sich einen Augenblick dazugehörig gefühlt. Kerttu zupfte an den Blättern der Yuccapalme und seufzte ergeben.

Sinikka war besorgt. Sie wußte nicht zu sagen, weshalb sie Kerttu eingeladen hatte; zwischen ihnen gab es wahrlich keine Gemeinsamkeiten. Ärgerlich setzte sie sich auf den Wohnzimmerstuhl und wartete darauf, daß Kerttu ging. Kerttu saß auf der gegenüberliegenden Seite des Zimmers und schlürfte geräuschvoll ihren Tee. Dann hoben beide den Blick und räusperten sich. Kerttu stand auf, ging hin und her, redete und schlug zur Bekräftigung mit der Faust in die Handfläche. Sinikka unterbrach sie und äußerte eine abweichende Meinung. Kerttu ließ ihre

Tasse klirren, stampfte mit dem Fuß auf und spuckte aus, was ihr gerade in den Sinn kam. Sie stritten, fluchten, vergaßen die Nachbarn und die allerletzten Anstandsregeln. Um ihrer Sache Nachdruck zu verleihen, nahm Sinikka den alten Zeigestab in die Hand. Sofort vermißte sie die Schule und ihre Schüler und die schwarze Tafel, vor der sie mitunter hatte groß sein können. Als sie den Stab mit der Hand umschloß, fiel ihr ein, wie es sich anfühlte, zu sprechen, während die anderen zuhörten, und genau zu wissen, wovon die Rede war. Sinikka sprach mit Kerttu und dachte, daß es etwas anderes war, sich mit einem echten Menschen zu unterhalten als mit einem Telefonhörer. Sie spürte, wie die Wörter aus ihrer Brust emporstrebten und sich im Tageslicht in regelrechte Gedanken verwandelten. Sinikka brachte Kerttu zum Verstummen.

Als es dunkel wurde, wickelte Kerttu sich ein Tuch um den Hals, das für Juni viel zu dick war, machte auf dem Absatz kehrt und marschierte hinaus. Ihre schnellen Schritte klapperten im Treppenhaus. Sinikka winkte ihr vom Fenster aus nach. Gedankenverloren stopfte sie Hefezopf in sich hinein, große Krümel fielen auf den Boden. Nachts wurde Sinikka aus alter Gewohnheit wach, setzte sich in der Küche auf den Hocker und kramte das Telefonbuch hervor. Dann konnte sie sich nicht erinnern, warum sie das getan hatte, und ging wieder schlafen. Träume rannen in langen und reinen Strömen über sie hinweg.

An einem sommerlichen Morgen sang ein Vogel im Baum auf dem Hof. Das hörte sich außerordentlich schön an. Sinikka öffnete das Fenster; auch ihr war nach Singen zumute. Sie wusch Geschirr ab und sah dabei nach draußen, die Gläser klirrten im Spülbecken. Die

Sonne ließ das Abwaschwasser regenbogenfarben schimmern. In den Schaumstrudeln meinte Sinikka etwas Vertrautes zu erkennen. Sie beugte sich dicht über das glänzende, blubbrige Wasser und schaute hinein. Sie nahm ein feines Kristallglas in die Hand, eins von den schönsten: Es hatte einen langen, mit Gravuren verzierten Stiel. Das Licht brach sich an der Oberfläche und funkelte in alle Richtungen, und Sinikka erinnerte sich, daß sie das Glas vor Jahren von einem guten Freund bekommen hatte. Wie es dem Freund wohl ging?

Sinikka blickte in der vertrauten, gelb gestrichenen Küche umher. Sie griff zum Telefon und wählte seine Nummer. Er nahm ab und hatte Lust auf ein Treffen, seit langem das erste. Sie mußte sich setzen und leicht durchatmen.

Sinikka Tamminen eilte zum letzten Sommerkurstreffen schon vor der Zeit. Ihre Füße trommelten auf dem Parkweg, und die entgegenkommenden Schüler erkannten in der Frau mit den flatternden Haaren ihre Lehrerin nicht wieder. Sinikka hielt seit längerer Zeit wieder die Augen offen. Und sie dachte seltener an die Glaswand. Die bekümmerte sie nicht mehr, obwohl sie wußte, daß es sie noch gab. Am Eingang der Universität hielt Sinikka der langsam gehenden, schwarzgekleideten alten Frau die Tür auf. Sie hob grüßend ihre Hand, und Sinikka grüßte zurück.

Als Kerttu Sinikka sah, sagte sie nichts, bot ihr aber einen Stuhl an und guckte verstohlen zu ihr herüber. Sinikka, die von Budapest-Pralinen zu Rohkost übergewechselt war, setzte sich neben das Mädchen, als wäre nichts geschehen. Als sie den Mund öffnete, schallte ihr Lachen bis zum Ende des langen Flures der Universität.

Kerttu sah Sinikka an, und Sinikka sah verträumt aus dem Fenster, wo der Sommer schon ausgebrochen war, und überall strahlte ein fremdes, wild riechendes Grün.

– Ich bin total verrückt, sagt Milla und wirft ihre schwarzen Haare nach hinten. – Ich hab Jarko schon beim ersten Date komplett rangelassen.

Wenn Milla lacht, schimmern ihre Zähne im dämmrigen Zimmer. Sie lehnt an der Fensterbank, die Jalousien sind heruntergelassen, und Milla kann mein Gesicht nicht sehen. Meine Füße sind kalt.

– Was schuftest du hier noch rum, mußt du morgen nicht arbeiten? Milla zieht ihre Strümpfe aus, indem sie sie langsam hinunterrollt, untersucht besorgt eine Laufmasche, die Haare fallen ihr ins Gesicht. So gebückt sieht sie sehr jung aus, wie ein schmales junges Mädchen. Ich korrigiere den Stand der Dinge in meiner Pyjamahose, drehe die Teetasse in meinen Händen und bemerke in der Decke einen neuen Riß. Milla hebt ihren Blick, sieht mich listig an.

– Aha, du hast wohl jemanden zu Besuch. Das wär ja mal was. Sie huscht zu meiner Schlafzimmertür, bleibt stehen, preßt sich an die Wand wie in einer Polizeiserie und springt dann zum Blitzangriff ins Zimmer. Ich sehe zu, wie sie zum Bett schleicht, vorsichtig die Decke nimmt und sie mit einem Aufschrei wegzieht.

– Pah, nichts ist. Was für ein komischer Mönch bist du eigentlich. So ein schöner Mann!

Millas Stimme ist ein perfekt beherrschtes Instrument. Sie hat sich bis aufs Hemd ausgezogen und streckt vor mir ihre Glieder. Sie geht die Post durch und schnaubt leise durch die Lippen, wirft die Rechnungen auf den Boden und öffnet einen braunen Umschlag, auf dem in Handschrift ihr Name steht. Millas Augen folgen den

Zeilen des Briefes. Wieder schimmern ihre Zähne, als sich ihr Lächeln in einem weichen Wirbel auf den Wangen ausbreitet.

Der Tee in meiner Tasse ist kalt geworden. Scheinbar geistesabwesend nehme ich noch ein paar Schlucke, immerhin geht mir vieles durch den Kopf. Ich bin schließlich nur noch auf den Beinen, um über meine Examensarbeit und den Arbeitsplan für die morgige Sitzung nachzudenken. Ich komme in diesen Tagen einfach nicht dazu, genug zu schlafen, meine Gedanken überschlagen sich geradezu.

Ich räkle mich, als wäre ich jetzt müde geworden, und tapse in mein Zimmer. Milla folgt mir und fängt an, den lustigen Brief vorzulesen: Der unglückliche Tommi hält das nicht mehr aus, weshalb antwortest Du nicht, Milla, bald hat nichts mehr eine Bedeutung.

– Kann man sich etwas Traurigeres ausdenken?

Ich sehe, daß Milla gleich lachen muß, aber sie schaut mich an, als würde sie um Erlaubnis fragen. Ich lächle teilnahmsvoll. Kichernd läßt sie sich aufs Bett fallen, auf meine zugedeckten Beine, und schwenkt die ihren in der Luft. Ich lege meine Brille auf den Nachttisch und will allmählich schlafen. Millas Gewicht auf meinen Beinen ist warm und leicht wie auch ihr Duft, eine zarte Komposition, deren Bestandteile ich nicht benennen kann. Jetzt ist alles wieder gut.

– Du glaubst nicht, was ich für einen Abend hatte … (und Milla erzählt; unter der Decke spannt sich die Haut über meinen Knöcheln, in meinem Hals pocht es immer schneller) … und ich konnte mich nicht mehr beherrschen, ich war praktisch Feuer und Flamme. Und er ging ab wie ein Schnellzug, und ich kam auch. 'ne komisch schmeckende Birne hab ich übrigens heute gegessen.

Milla beobachtet verstohlen meine Miene. Dann putzt sie sich die Nase und ist schon wieder bei einem anderen Thema. Meine Knöchel entspannen sich.

– Ach ja, ich hab endlich 'ne Wohnung gefunden. Du wirst mich los, schon nächste Woche. Du hilfst mir doch beim Umzug? Milla kaut knirschend auf ihren schwarzen Haarsträhnen. – Ist 'ne wunderschöne Einzimmerwohnung im Zentrum, Balkon und alles.

Als sie aufsteht, bleiben meine Füße allein. Mich überfällt brennender Durst, und ich folge ihr bis in die Küche. Ich drehe den Wasserhahn auf und sehe aus dem Augenwinkel, wie sie sich aus dem Kühlschrank etwas zu essen heraussucht. Das erste Morgenlicht fällt durch die Jalousien und bildet rings um Milla einen zarten Schein.

– Oh, du hast abgewaschen. Weißt du, du warst ein absoluter Traummitbewohner. Du weißt ja, wie sehr ich dich mag. Milla kommt näher, kaut an einer Gurke und berührt im Vorbeigehen flüchtig meine Schulter. Sie bleibt stehen, wippt von den Zehen auf die Fersen und zurück, mit dem dünnen Hemd bekleidet. Dann zuckt sie mit den Schultern und geht laut gähnend geradewegs in ihr Zimmer. Die Tür schließt sich, und dahinter setzt eine gedämpfte Janis Joplin ein.

Ich stehe auf dem kühlen Küchenfußboden. Ich beschließe, zu ihrer Tür zu stürmen, sie aufzureißen und Milla in meine Arme zu nehmen. Ihr Kopf soll so in meinem Schoß liegen, daß ihre Haare über meine Knie fließen, sie wird mich mit einem neuen Ausdruck in ihren Augen ansehen, und ich …

Meine Beine laufen ins Wohnzimmer, und anschließend bringen sie mich zurück in die Küche. Ich setze mich an den Tisch und betrachte meine Hände. Jetzt wäre es an der Zeit, zu Bett zu gehen – Milla ist zu Hause.

Oder ich könnte mich leise neben sie legen, sie Stück für Stück ausziehen, sie vorsichtig, aber entschlossen berühren – so, daß kein Widerspruch möglich wäre –, und sie würde einfach mit mir sein, mein Kopf und meine Hände und meine Füße wären endlich ihr Kopf und ihre Hände und Füße, meine Finger würden sich um ihre Kehle legen (nicht immer bin ich mir meiner Kräfte bewußt), wir wären wie brennende Büsche, in unseren Augen ein göttlicher Blick ...

Von der Küchenwand herunter lächeln Milla und Assi, mit blanken Zähnen, beste Freundinnen, es gibt wirklich nichts, was Assi nicht erfährt. Die Mädchen einander umarmend beim Angelausflug, in der Hand baumelt ein Hecht. Auf einem anderen Bild für eine Party geschminkt, das Lächeln voll wilder Erwartung. Die durchtriebenen Schönen. Ein Bild von mir in meiner grünen Lodenjacke, wie ich mit den Fäusten in den Taschen am Strand stehe. Das Wasser hinter mir ist gefroren, nirgends ein Mensch zu sehen.

Das Foto von mir und Milla liegt in acht Stücken in einer Schublade, es ist so oft zerrissen und wieder zusammengeklebt worden, daß unsere Gesichter unter einer Decke von Klebstoff liegen. Diese Nacht könnte ich das Bild wieder zusammenfügen, es von nahem anstarren und mir die bekannten Fragen stellen.

Im Griff einer unsichtbaren Pranke sinkt mein Kopf auf die Tischplatte. Hinter meinen Augenlidern ist es rötlich und düster. Die lichtumstrahlte Milla weiß nicht, daß ich meine Examensarbeit schon vor einem Monat vernichtet habe. Zur Arbeit bin ich seit Wochen nicht gegangen. Milla glaubt mich zu kennen. Zwinkert mir vertraulich zu. Ihre Freunde sehen mich komisch an, reden von nichts, was mich interessiert. Milla verteidigt mich oder tut so als ob. Ich weiß sehr wohl, daß sie eine Freundin ist und daß Menschen das im allgemeinen für mich nicht sind. Freunde.

Das zerrissene Foto in meiner Schublade ist nur für meine Augen bestimmt. Als es aufgenommen wurde, zog Milla mit irgendeinem Pera herum. Und dann mit Kake, Eroberungen gibt es genug.

Milla weiß nicht, von wem die Briefe kommen. Ich bin der unglückliche Tommi und der Loser Lauri. Ich ändere die Handschrift und flehe um eine neue Chance. Immer vergeblich. Gut so, mir erzählt Milla ihre Geheimnisse.

Ich hebe den Kopf, meine Wange ist plattgedrückt und schmerzt. Der Farbanstrich der Tischplatte ist voller Risse, sie breiten sich als dichtes Netz bis über meine Hände aus und halten meine Finger auf ihrem Platz. Ich löse sie einzeln vom Tisch, plopp, plopp, hole Stift und Papier. »Sehr geehrter Herr Wasen, es ist meine traurige Pflicht, Sie über einige Angelegenheiten, Ihre zukünftige Mieterin Milla Kaukinen betreffend, zu unterrichten.«

Ich male eine Unterschrift, falte den Brief, lecke den Umschlag an und klebe ihn zu. Draußen regnet es leise. Die Pfützen zittern gelb im Morgenlicht. Im Garten schaukelt ein einsamer Vogel im Baum. Er ist pechschwarz, der Schnabel gelb. Er guckt umher und zwitschert etwas. Er schwingt seinen dünnen Körper, nickt mir auffordernd zu. Der Zweig wackelt, als der Vogel zum nächsten auffliegt und wieder sagt: Tiu-tiu. Ich horche. Ich spitze die Ohren vor Millas Tür, wie in so vielen Nächten. Das gutgelaunte Schnarchen eines zufriedenen Menschen. Gleichmäßig, nichts Böses ahnend.

Ich schlage meine Stirn gegen die Tür, erst vorsichtig und dann immer heftiger. Es tut weh. Ich trommle im Takt. Verlaß mich nicht, Milla.

König der Straßen

Es regnet, der Mann mit dem schwarzen Hut eilt vorwärts. Er späht umher und stellt den Kragen seines Popelinemantels auf. Der Mann stürmt in schmaler werdende Gassen, immer tiefer hinein in jenes Stadtgebiet, das ein vernünftiger Mensch niemals betreten würde. Jedem ist das klar, auch dem Mann mit dem schwarzen Hut, der in eine Sackgasse gerät. Einen Fluchtweg gibt es nicht. Er bleibt stehen, sieht über seine Schulter, greift nach der Waffe in seiner Tasche und dreht sich um …

Das Zischen der Kugeln hat etwas Majestätisches. In Zeitlupe weicht ihnen der Mann hinter die Mülltonnen aus, springt dann wieder wie ein Panther hervor und erwidert das Feuer mit zwei präzisen Todesschüssen. Die Funken an der Lauföffnung leuchten kurz in den Regentropfen auf. Die Verfolger laden und schießen, laden und schießen. Doch der Schwarzhut weiß, was er tut, und bald schon winden sich die Männer mit schmerzverzerrten Gesichtern am Boden. Rote Blutströme blubbern aus schmauchenden Einschüssen. Schließlich sinkt auch der letzte Feind auf den glänzenden Asphalt. Das ist erst von vorn, dann von der Seite und schließlich von hinten zu sehen, der kraftlos zitternde Körper fällt wie ein geleerter Sack in sich zusammen. Der Mann mit dem schwarzen Hut registriert die Lage, verbirgt die Waffe an seiner Brust und setzt seinen Weg fort. Der Job ist erledigt. All dies wird begleitet von erregter Geigenmusik, die sich nun in die bedrohlich trommelnde Erkennungsmelodie verwandelt.

Aleksi hält die Fernbedienung fest umklammert. Die Bilder bewegen sich hinter seinen Augenlidern. Er murmelt etwas, das so auch der Schwarzhut von sich geben würde, und greift nach der Waffe, die in seiner Brusttasche ruht. Aleksi zieht und lädt, sein Spiegelbild an der Wand macht es ihm nach. Er springt vom Sofa auf, läßt ein paar Karateschläge durch die Luft zischen und begibt sich wieder in die Ausgangsposition. Er denkt nicht an seine Freundin Tiina, die ihn nachher besuchen will, schlüpft in die rote Adidasjacke und ist, immer mehrere Stufen auf einmal nehmend, schon unten auf der Straße.

Die Sonne hängt als schwerer Ball am Himmel, aber Aleksi sieht die Welt durch verdunkelte Gläser. Er schreitet mit energischen Bewegungen die Straße entlang, der beachtliche Schlüsselbund schlägt rhythmisch an sein Bein. Die Schritte der fetten Sohlen sind die eines zufriedenen Raubtiers. In seinem Kopfhörer verwandeln sich elektronische Geigenparts schnell in einen dichten Baßteppich, so dicht, daß kein Fuß den Takt mitklopfen könnte. Aleksi fühlt seinen Puls steigen, sein Herz aus dem Hemd drängen und die Waffe in seiner Tasche vor Kraft brennen.

Er ist reine Energie; nach einer Stunde in geschlossenen Räumen könnte er Wände hochgehen. Er schlingt den Sauerstoff in seine Lungen und marschiert wie ein Eroberer voran. Niemandem weicht er aus, er ist der König dieser Straßen, und keiner hätte etwas zu melden, wenn er beschließen würde, auf der Stelle ... Aleksi streckt die Brust heraus, hebt das Kinn und spürt in seinem Körper die jungen Muskeln vibrieren.

Im Café an der Ecke blenden die Stahlstühle, die hellgrauen Tische greifen dezent den Farbton der Wände auf. Es herrscht ein gleichmäßiger Geräuschpegel, der Beat kocht unter den Schuhsohlen und läßt die Köpfe im Takt nicken. Zur Stelle sind bereits Simppa (unter Freunden Ziggy D), Marco beziehungsweise Mac The Jack sowie Lolli beziehungsweise Lolita beziehungsweise Lowdown mit dem trägen Blick, die langsam ihre Zigarette anzündet und die niemand Tarja nennen darf. Als sie Aleksi sehen, nicken alle knapp. Ziggy hebt locker seine Linke, und Aleksi (unter Freunden Ace MC) antwortet, indem er Ziggys Faust dreimal mit seiner eigenen berührt, Kumpelgruß. Lolli hat jetzt ihre Zigarette angezündet und lächelt langsam zu Aleksi herüber, der findet, daß Lolli wirklich eine coolere Frau ist als Tiina, unter Freunden Tindu.

Keiner ist sonderlich gesprächig, aber das ist auch nicht nötig, denn man ist unter Freunden; es weiß sowieso jeder, was dem anderen durch den Kopf geht. Man dreht Zigaretten, tippt ein paar SMS und sieht die Vorbeigehenden schief an. Aleksi und Ziggy beschließen, nach nebenan in den Pelikan zu gehen. Sie stoßen die Tür auf, marschieren im Gleichschritt hinein wie die Anzugmänner bei Tarantino und erobern jeder seine eigene Ecke. Hier sind sie unschlagbar, beide halten auf ihrem Gebiet den Stadtrekord.

Aleksis Wange zuckt. Er fährt ein Rennen, und das Auto ist die Verlängerung seiner Finger, ergeben gehorcht es jeder einzelnen Bewegung. Das heißeste Modell, die höchste Spielstufe, die schwierigste Strecke, und Aleksi ist wieder König. Er durchbricht die Ziellinie, und ein Siegesschrei entweicht seinen Lippen. Er jubelt und pfeffert den Losern um sich herum Victory-Zeichen entgegen.

Aber auch hier halten die Jungs es nicht lange aus, sie sind bereits genervt. Sie steuern dem Ausgang zu, wieder im Gleichschritt, und geben an der Tür ein paar obszöne Sprüche von sich. Ein Faustschlag, und die Wege der

Freunde trennen sich. Leichtfüßig, in gehobener Stimmung. Im Gehen vertieft Aleksi sich in einen Chat. Auf dem Handydisplay blinken Tausende von Möglichkeiten, wichtige Kontakte und zufällige Bekanntschaften. Aleksi hat in der letzten Woche gechattet, gewapt und auf seinem neuen Handy gespielt, bis sein rechter Daumen wund gescheuert war.

An der Straßenecke stößt er fast mit einem grauhaarigen Mann zusammen. Der Alte stolpert mit seinem Stock vorwärts, tastet sich an der Wand entlang und scheint seinen Weg nicht zu finden. Aleksi sieht noch einmal hin: Das ist doch Aatu aus dem Nachbartreppenhaus. Aatu hat Aleksi, als er klein war, oft im Hof auf der Schaukel Schwung gegeben und den Kindern Märchen erzählt, wenn ihre Mütter länger bei der Arbeit blieben. An die Geschichte vom grünen Drachen erinnert Aleksi sich noch immer. Und daran, wie Aatus Stimme tiefer wurde, wenn der Drache hoch aufflog, über die Bäume hinweg.

Aleksi schiebt sein Handy in die Tasche und sieht Aatu an, der etwas Unverständliches murmelt. Er mustert den Alten und zündet sich eine Zigarette an. Aatu scheint keine Ahnung zu haben, wo es langgeht. Aleksi will sich schon umdrehen und verschwinden, bleibt aber dann doch stehen, kickt mit der Schuhspitze in den Sand.

Aatu hebt seinen Blick.

– Wer ist denn da?

Aleksi antwortet nicht gleich. Dann geht er mit ein paar langen Schritten zu ihm hin und faßt ihn an der Schulter.

– Aleksi. Vom Treppenhaus B.

Aatu scheint sich nicht zu erinnern, er zermalmt seinen Kautabak und richtet die trüben Augen wieder auf die Straße. Aleksi reicht ihm seinen Arm als Stütze. Der

Alte hängt sich ein und kommt ohne Widerstand mit. Langsam gehen sie in Richtung Zuhause. Aleksi muß seinen Schritt Aatus Trippeln anpassen. Irgendwann hält Aatu an, hustet und wühlt in seinen Taschen. Erst kommt die Pfeife zum Vorschein, dann der Tabaksbeutel und die Streichhölzer. Aleksi steht daneben und überlegt, was er sagen könnte. Der Alte hantiert umständlich mit den Sachen, streut mit zitternden Fingern Tabak in den Pfeifenkopf. Seine Hände sind knotig und voller blauer, verästelter Adern. Aleksi beugt sich zu Aatu und brüllt in sein Ohr: *Aleksi!* Der grüne Drache und der Dschungelprinz.

Aber Aatu ist gerade dabei, Kautabak auszuspucken. Er bohrt mit dem Zeigefinger zwischen Lippen und Zahnfleisch und starrt in die Ferne. Dann steckt er die Pfeife zwischen die Zähne und schüttelt leise den Kopf.

Weiter geht es. Aatu macht einen Schritt, hält an, zieht an der Pfeife, macht den nächsten Schritt. Entsetzlich langsam kommen sie voran, hoffentlich begegnet ihnen kein Kumpel. Als das Haus schon in Sicht ist, bleibt Aatu wieder stehen. Aleksi zerrt an seinem Arm, doch der Alte verharrt in seiner gekrümmten Haltung, den Kopf auf der Brust. Aus seinem Mund dringt ein langer Seufzer. Die Pfeife fällt hinunter. Aatu reagiert nicht. Aleksi bückt sich, um sie aufzuheben, und da schlägt Aatu auf dem Boden auf. Seine Knie prallen auf den Asphalt, aus seinem Mund ist ein Röcheln zu hören.

Aleksi steht kurz da und schaut sich um: nirgends eine Menschenseele. Er hockt sich neben Aatu und schaut ihm ins Gesicht. Es ist blaß und runzlig, die Augen sind zusammengekniffen. Aleksi faßt ihn an der Schulter und rüttelt – keine Reaktion. Er preßt sein Ohr an den Mund des Alten und horcht. Stille, nur Windrauschen in den

Bäumen. Aleksi steht auf und kramt sein Handy aus der Tasche, die Bewegungen sind langsam. Mit steifen Fingern tippt er die Nummer vom Notruf. Die eigene Stimme ist fremd und dünn, als er die Adresse nennt.

Aleksi sitzt neben Aatu und wartet. Es dauert eine Ewigkeit, bis das Auto kommt. Eine dauergewellte Frau bleibt stehen und fängt an zu lamentieren. Aleksi wünschte, sie würde den Mund halten. Aatu liegt still auf der sandigen Straße. Aleksi nimmt seine Hand, sie ist warm, und hält sie in seiner eigenen, bis die Rettungssanitäter kommen. Die Männer untersuchen Aatu. Sie prüfen den Puls und drücken rhythmisch auf seinen Brustkorb. Dann schüttelt einer den Kopf, sie heben Aatu auf die Bahre und bedecken sein Gesicht mit einem Laken. Aleksi sagt den Sanitätern, was er weiß. Die Frau fährt fort zu lamentieren. Das Auto rollt davon, friedlich und ohne Sirene.

Die Sonne brennt, das Hemd klebt Aleksi am Rücken. Er zieht die Jacke aus, wirft sie sich über die Schulter und geht langsam über den Hof vor seinem Haus. Er öffnet bereits die Tür, setzt sich dann aber doch auf die Steinstufen und betrachtet den vertrauten Hof. Die Schaukeln stehen am selben Platz wie damals, als er noch ein Kind war, aber anstelle der Gummireifen sind inzwischen enge Plastiksitze angebracht worden. Der Sandkasten beherbergt dieselben Festungen und grünen Spielzeugsoldaten, nur rückt sie mittlerweile der kleine Bruder Jussi vorwärts. Der Hof sieht im Sonnenlicht klein aus und regungslos wie ein leerer Fußball.

Im Fahrstuhl stinkt es nach altem Mann. Aleksi stemmt sich am Geländer hoch, das auf halber Höhe an der Wand befestigt ist. Er schwingt die Beine bis an die Decke, und das Licht im Fahrstuhl geht aus. Wie früher manchmal fährt er im Dunkeln in den sechsten Stock.

Jussi ist nach Hause gekommen und heult sich ausgiebig die Augen aus. Er ist ein Stotterer und derjenige in der Klasse, der am häufigsten fertiggemacht wird. Sein Knäckebrot ist auf den Teppich gefallen, mit der Butterseite nach unten. Aleksi hebt das Brot auf, zupft den Dreck ab und legt mehr Wurst drauf. Er drückt es Jussi in die klebrige Hand und wischt ihm über das Gesicht. Sie sitzen einander gegenüber am Tisch. Jussi wippt mit dem Stuhl.

– Ja, das Eis vom Eldankasee, ach, von gestern ist der Schnee, singt er, die alte Schnulze.

Eine Fliege surrt am Fenster. Aleksi blättert im Fernsehprogramm, legt es dann aber aus der Hand. Er sieht hinaus. Es ist Sommer, grün, im Hof rennt ein brauner Hund herum. Er stürzt hin und her, jagt seinen Schwanz und beißt sich Flöhe aus dem Fell.

Aleksi holt die Waffe aus der Jackentasche. Er wiegt sie in den Händen und kann der Versuchung nicht widerstehen, schiebt den Lauf in den Mund und beißt ein Stückchen ab. Die Lakritze färbt seine Schneidezähne schwarz. Jussi bekommt den Griff. Als nur noch der Abzug übrig ist, fällt Aleksi Tiina ein. Die kommt in fünf Minuten. Aleksi zieht die saubere Jeans an. Er sprüht Deo unter die Achseln, zur Sicherheit auch noch aufs Hemd. Jussi trällert in der Küche. Im Treppenhaus hört man Tiina schon kommen.

Aleksi steht im Flur vor dem Spiegel. Er betrachtet sein Spiegelbild. Er wechselt die Position und betrachtet sich wieder.

Frühlingsausflug

Als sie ins Café gingen, war Petra voller Liebe für Antti. Da trottete er neben ihr her, mit roten Wangen, und spielte mit ein paar Weidenzweigen. Antti war vertraut, Petra trug ihn bei sich, wohin sie auch ging. Der Ring von Antti paßte genau auf ihren Finger und war von ihm ausgesucht worden, an jenem Tag im September, an dem alles plötzlich auf einfache, sichere Weise schön war.

Jetzt war schon Frühling, im Café waren die Türen geöffnet, und feine Sonnenstreifen glitten über den Boden. Aber Antti hatte gerade angefangen, von seiner Kindheit zu erzählen. Petra bekam fürchterlichen Durst und bestellte eine Flasche Cidre. Antti sah Petra an und setzte seine Teetasse mit einem lauten Klirren ab, ehe er fortfuhr, von seiner Schulzeit zu berichten, vertraulich und mit leiser Stimme. Petra lauschte dem Klang der Teetasse nach. Die scharfe Kante des Stuhls schnitt ihr in die Schenkel.

Antti betrachtete seine Tasse, und Petra stellte fest, daß seine gesenkten Wimpern sehr poetisch aussahen. Ihre Hand zitterte ein wenig, als sie betont locker nach der Flasche griff und sie schnell zum Mund führte; die Flüssigkeit spritzte ihr aufs Kinn. Im Lauf der Monate hatte Antti sich Petra allmählich geöffnet; von der kaputten Kindheit und der harten Jugend fiel ein wertvolles Stück nach dem anderen zur Erörterung in Petras weiten Schoß.

Petras Kindheit war lustig und sommerlich gewesen. Sie waren zum Blaubeerensammeln zur Oma gefahren und im Herbst zum Pilzesuchen, und beide Eltern saßen vorn im Auto. Niemand hatte mit dem Weihnachtsbaum nach der Mutter geworfen oder sich am Dach erhängt. Samstags war Brathähnchentag, in guter Gesellschaft wurde Wein getrunken.

Petra ließ ihren Blick die Wände des Cafés entlangwandern. Auf der braunen Tapete machten zwei Tiere Jagd aufeinander, man konnte nicht wirklich erkennen, was für Tiere es waren, aber das eine jagte das andere permanent um den ganzen Raum herum. Durch die Glastür prallte ein scharfer Lichtstrahl auf Anttis Gesicht, Petra sah den Schein im Flaum auf seiner Wange spielen und sich langsam dem Hals nähern. Antti schüttelte den Kopf, das Licht stob in gelben Strahlen aus seinen Haaren. Anttis Lippen bewegten sich noch immer.

Der Cidre war alle. Petra sah ruhig zur Theke hinüber, jetzt war es schon netter, hier zu sitzen. Aber im Magen zwickte der Hunger, und die Brote waren in Anttis Rucksack, vorbereitet für das Picknick in der Sonne auf der Insel Tervasaari, wo die Schwäne zu ihren Füßen auf der aufgetauten Erde herumlaufen würden. So hatte Petra sich das gedacht. Doch jetzt kam ihr der unerhört gute Gedanke, die Brote hier auszupacken, unter dem Tisch, wenn niemand hinsah, und vielleicht noch einen Cidre zum Hinunterspülen zu holen. Frühlingsausflug ins Café.

Petra sah Antti erwartungsvoll an, bis sie begriff, daß sie ihren Plan nicht laut vorgetragen hatte. Antti beendete gerade seinen Satz, hob den Blick und lächelte traurig. Petra hatte keine Lust, etwas zu erwidern, sie zerrte am Doppelknoten der Rucksackschnur.

– Laß mich, begann Antti, aber Petra wühlte selbst das Brot hervor. Vor Anttis Augen sog sie den herzhaften Geruch der Leberwurst ein und nahm einen so großen Bissen, daß er ihren Mund ganz ausfüllte. Als Antti etwas sagen wollte, fuhr Petra ungeduldig auf und lachte abweisend.

Antti besaß innere Stärke und die Kraft zu vergeben. Der harte Kampf vieler Jahre hatte ihn diese Fähigkeiten gelehrt.

– Wenn ich meinem Vater verzeihen kann, hatte er gesagt, kann ich wem auch immer was auch immer verzeihen. Und er hatte Petras Gesicht in seinen Händen gehalten, damals auf der winterlichen Brücke, ringsum das ächzende Eis; das war einer dieser bedeutsamen Augenblicke gewesen. Der Frost war vergessen, als wilde Bewunderung und ein neues Gefühl der Vollständigkeit Petra in ihrer dünnen Jacke aufwühlten.

Rückkehr der Schmetterlinge

Die blaugemusterten Schmetterlinge kamen vom Spiegel her, als Erno sich gerade zu Ende rasierte. Zuerst näherten sie sich einzeln und in kleinen Scharen, dann in immer größeren Schwärmen, blau glänzend und mit solchen Flügelschlägen, daß Erno sich über das Waschbekken beugen und tief Luft holen mußte. Er erkannte die Schmetterlinge als seine eigenen, sie waren lange auf der Flucht gewesen. Die eine Seite seines Kinns blieb stopplig, denn jetzt zog es Erno ins Wohnzimmer.

Die Art, wie Tuula an der Wand neben dem Türrahmen lehnte, kam Erno falsch vor und paßte nicht im entferntesten zu seiner Stimmung. Im Vorbeigehen hauchte er ihr einen Kuß in den Nacken. Tuula ließ fast die Tasse mit dem kalt gewordenen Kaffee fallen, drehte sich einmal um sich selbst und stieß einen kleinen, hellen Laut aus. Erno steuerte mit großen Schritten auf die Schreibmaschine zu, von der Tuula täglich den Staub gewischt hatte, legte das erste weiße Blatt ein und fing an. Die Schmetterlinge leuchteten und bildeten verschiedene Formationen, umflatterten Ernos Kopf. Einer verirrte sich auch in sein Ohr, kitzelte ihn und rief ein seltsames Kribbeln hervor; Ernos Finger tanzten auf den Tasten ohne jedes Hindernis.

Tuula hielt die Luft an, schlich auf leisen Sohlen in die Küche und achtete darauf, die Tür geräuschlos hinter sich zu schließen. Sie hatte ihm ins Gesicht gesehen, während er sich rasierte. Ernos Augen sahen im Spiegel etwas, das Tuula nicht sah, und sein ganzer Körper nahm auf einmal eine Haltung an, die mit dem Rasieren nichts mehr zu tun hatte. Obwohl sie dieses Phänomen schon von früher kannte, war ihr fast entfallen, was sie dabei fühlte. Im Hintergrund das gleichmäßige Tippen auf der Maschine, machte sie Frühstück nur für sich. Sie summte. Erno würde nun tagelang nichts Richtiges essen, das Obst mußte fertig geschält auf dem Schreibtisch stehen und der Brei immer wieder aufgewärmt werden, für den Fall, daß er Appetit bekam.

Nach dem Frühstück entwarf Tuula die Einkaufsliste. Sie hatte Ernos Augen glänzen sehen und wagte zu schreiben: Lederhalbschuhe. Strampelanzug. Sommerjacke. Gerade geschnittene Hosen. Gitterbett. Tuula überlegte eine Weile und fügte hinzu: Flasche guter Rotwein. Sie sah aus dem Fenster; durch die Luft wirbelten Massen von Schneeregen, die als munterer grauer Chor gegen die Scheibe schlugen.

Inzwischen war das Wohnzimmer so voll von blaugemusterten Schmetterlingen, daß Erno kaum noch Platz fand. Mit geradem Rücken saß er da und hieb auf die Tasten ein, die Wörter flossen in kühlen, erfrischenden Strömen direkt in seinen Kopf. Einer der Schmetterlinge landete auf den Knöcheln seiner Hand und richtete seine Flügel. Erno meinte, einen schiefen Seitenblick zu spüren. Er würde nicht wagen, Tuula zu erzählen, daß er dem zitternden Schmetterling in die Augen geschaut und dort alles, was jetzt war, gesehen hatte: sich selbst und Tuula und das noch nicht geborene Kind, das sich auf den ersten Blick in die Welt verlieben würde.

Als bereits ein beachtlicher Stapel vollgeschriebener Seiten auf dem Tisch lag, hielt es Erno nicht mehr an der Schreibmaschine, und er ging in die Küche. Die sah plötzlich groß aus und füllte sich nach und nach mit Schmetterlingen, bis sogar Tuula ganz von ihren seidigen Flügeln bedeckt war; als schimmernde Decke saßen sie auf den Schultern und Armen seiner Frau.

Für eine kurze Weile bewunderte Erno diesen farbigen Glanz, dann gab er Tuula einen Kuß, diesmal lange und ernst, so daß Tuula außer Atem geriet und ihr gleichzeitig so leicht wurde wie nie zuvor. Erno war ein schlanker, großer braunhaariger Mann, der nach Kaffee und Pfeifentabak duftete, für Tuulas Nase die beste Mischung der Welt.

Im Winter

Nachts kommt es Maija so vor, als würde sie an einem dünnen Strick ziehen. Sie hält ihn mit beiden Händen fest, aber der Strick zieht ebenfalls und entgleitet ihr, als sei er unterwegs an einen Ort, zu dem Maija keinen Zutritt hat. Sie liegt auf dem Rücken, spürt das Gewicht ihres Körpers auf dem Bett und ist trotzdem irgendwo zwischen den Orten unterwegs, zwischen dem Wechsel von Hell und Dunkel, mit dem Strick in der Hand, rutschend und vergeblich in die Luft greifend. Ein paarmal erwacht Maija von ihrer eigenen Stimme oder einer sonderbar krampfartigen Bewegung im Bein und in der Hüfte. Sie fürchtet, ernsthaft krank zu sein.

Morgens ist Maija in ihrer Einzimmerwohnung umgeben von Staub und Wintersonne, durchs Fenster hallt eine monotone Mädchenstimme: Doller! Doller! Sie glaubt auch frische Farbe riechen zu können und denkt an das Paar, das nebenan eingezogen ist. Sie streichen ihr neues Zuhause, und die junge Frau steht zum Rauchen im Hof, weiße Farbe im Haar. Sie sind aus Schweden, und die Frau lächelt amüsiert über Maijas grüne Mütze mit dem Baumarkt-Logo. Ihre Haltung hat etwas derart Herablassendes, daß Maija am liebsten auf die neue Nachbarin einschlagen, sie verblüffen oder wenigstens kurz aus dem Gleichgewicht bringen möchte.

Die Wohnung ist eiskalt. Die Pfeffermühle steht auf dem Tisch, als wäre sie gefroren, ein Weihnachtsgeschenk von ihrer Mutter, die auf ihre alten Tage angefangen hat, Ramsch zu sammeln, verschiedene Kannen und Krüge, die Stilleben und lose Haufen in allen Ecken der großen Wohnung bilden. Dazwischen sitzt die Mutter, schlürft laut ihren Tee und wartet darauf, daß Maija endlich geht, damit sie in Ruhe grübeln und Maija anrufen kann: Wieso kommst du eigentlich nie?

Beim morgendlichen Teekochen sind die Bewegungen abgehackt, barfuß den kalten Fußboden zu betreten ist ein Wagnis. Die Leitungen sind vor drei Tagen zugefroren, als der Frost kam, der Hausmeister starrt sie völlig entgeistert an, als Maija es wagt, sich nach der Heizung zu erkundigen. Die läuft auch bei den anderen nicht, zugefroren ist zugefroren.

»Warme Eleganz fürs Heim.« Maija schlägt die Zeitschrift aufs Geratewohl auf. »Kreieren Sie Ihre eigene Nestwärme.«

Der Hausmeister ist ein Säufer, dessen behinderter großer Sohn ab und an draußen bei der Arbeit hilft, den Schneeschieber sinnlos hin und her bewegt, so daß der Schnee sich vor der Tür anhäuft. Maija möchte ausweichen, doch der Junge steht mit offenem Mund und angefrorenem Speichelfaden im Weg.

Sie hüpft unter der kalten Dusche auf und ab und schlägt sich auf die Rippen, die Haut rötet sich und wird zur Gänsehaut. Maija hüllt sich in etliche Schichten wollener Kleidung und geht nach draußen, es ist der einzige helle Moment des Tages. Eine Sekunde lang sieht es so aus, als würden die Rotkehlchen auf den Telefondrähten Saltos schlagen, aber das ist nur ein Spiel der Sonne. Maija geht an den Strand und fühlt sich allein. Das Meer sieht nicht nach Meer aus, sondern nach einem großen, weißen Feld, in dessen Mitte sich ein kleiner Hügel erhebt. Das ist die Mittsommerinsel, auf der im Sommer das Feuer angezündet wird und zu der die Leute vom Ufer aus hinüberschauen, durch das braune oder grüne Glas der Flasche hindurch.

Es gibt ein Bild von der letzten Mittsommernacht, Maija hält ihre Freundin fest umarmt und sitzt mit ihr an einen Baum gelehnt, beide scheinen zu schlafen; im Gras sieht man den Schatten des Fotografen. Zu ihren Füßen liegen grüne Flaschen, ihre Zehen sind dreckig. Wie sie so dasitzen, sehen die Mädchen beinahe wie ein Liebespaar aus, das leise über seine eigenen diffusen Gefühle lächelt. Wieder spürt Maija die Sehnsucht in sich, ein Gefühl ohne bestimmte Richtung, und sie merkt, wie sie aus Gewohnheit ein Ziel dafür sucht, als würde sie ihre Erinnerungen durchblättern und versuchen, den Namen wieder einen Inhalt zu geben.

Ihre erste Liebe war Jukka, den sie letzten Donnerstag an einer Straßenecke getroffen hat, zum ersten Mal seit langem wieder, und wie früher stolperte Maija beinahe über ihre eigenen Füße. Nichts gelang mit Jukka, sie hätten nicht schlechter zueinander passen können. Doch Jukka war sanft und hatte dunkle Augenbrauen, und wenn Maija irgendwo das Wort »Jüngling« begegnet, denkt sie an Jukkas Schultern.

Und Pauli erst, ihr bester Freund, der Diskussionen liebt, er redet, kratzt sich am Bart und sieht in die Ferne. Wieso ist er Maija so nah? Selten hat sie das Gefühl, daß Pauli zuhört. Als ob er die ganze Zeit auf etwas anderes lauschen, sich extrem konzentrieren würde auf eine Stimme, die jenseits von Maijas Worten erklingt. Pauli versteht das Wesentliche. Anders ausgedrückt: Das, was für ihn wesentlich ist, ist es sicher auch für Maija. Der Schatten auf dem Foto wird von Paulis großem, steifem Körper geworfen; immer stapft er wie in tiefem Schnee, und nie lacht er laut. Mit Pauli kann man stundenlang ununterbrochen reden und dann gleichzeitig mit ihm verstummen.

Die Mittsommerinsel sieht trostlos klein aus mitten im Eis, als würde sie sich tiefer und tiefer in das weiße Gewässer schmiegen, sich schämen, daß kein Feuer auf ihr brennt. Maija setzt sich auf die Bank, die von einer dünnen, knackenden Eisschicht überzogen ist, aber selbst wenn ihr Hintern blitzschnell kalt wird – sie muß erst einmal sitzen. Nichts essen macht schwach, und die Beine sind schwer. Maija horcht in ihren Körper hinein. Eine flinke Frau im roten Trainingsanzug, umgeben von Atemwölkchen, joggt vorbei, während Maija schwarzgekleidet und bewegungslos auf ihrer Bank hockt.

Da beschließt sie, Liina zu vermissen, das junge Mädchen, das sie verehrt. Liina hörte immer demütig zu, folgte ihr auf den Fersen und nickte eifrig. Trug nach der Uni ihre Tasche. Lachte an denselben Stellen, so daß Maija vor Wut fast erstickte. Noch immer kommen Postkarten, in denen Liina wehmütig ist und »über vergangene Zeiten reden« will. Als hätten sie eine gemeinsame Vergangenheit. Wärst du doch jetzt hier, Liina. Du könntest meine Schulter berühren, ein Lächeln auf deinen kleinen Lippen.

Nein, sogar dich vermisse ich jetzt eigentlich nicht. Ein schneidender Wind weht vom Meer, und Maija fällt niemand ein, der ein Beben in ihren Magen und ein Schaudern über ihren Rücken schicken könnte.

Zu Hause im Hof ist der Schnee geräumt, Maija ärgern die präzisen Haufen, die der Sohn des Hausmeisters in einer manischen Anwandlung zu Reihen geschaufelt hat. Der Weg ist festgeklopft, und im Treppenhaus riecht es stark nach Hefegebäck. Ich bin kein Kochtyp, stellt Maija fest. *Achte auf deinen Blutzucker!* Sie fühlt sich, als würde sie verblöden. Man müßte endlich mal wieder ein dickes Buch lesen. Sie denkt an Dostojewski, als sie die Stufen hochsteigt, die ihr steil und endlos erscheinen, ihr dreht sich der Magen um. *Erkenne dein Leberleiden!*

An der Tür prallt Maija beinahe zurück, ein Hitzeschwall schlägt ihr entgegen. Sie könnte die ganze Wohnung küssen und alle Gegenstände, die ebenfalls immer wärmer werden, aus der Dusche tröpfelt schon heißes Wasser, und Maija kichert vor Wonne. Nach dem Duschen zieht sie Unterwäsche an und läßt sich mohrrübenkauend aufs Sofa sinken, es ist Sonntag, ein faules Gefühl. Da ist ja noch Pauli, den man anrufen könnte, vielleicht weiß der jemanden, nach dem man sich sehnen kann. Oder Maija lädt Pauli irgendwo zum Essen ein; vielleicht kriegen sie plötzlich Lust zu trinken, dem Sonntag zu Ehren, schwarzes schaumiges Guinness. Die Mutter hat den Verdacht, daß Maija ein Alkoholproblem hat, und stichelt, wenn sie zu Besuch ist.

Aber zunächst einmal liegt Maija da und denkt an den Strick und den kalten Schweiß, die jetzt fast beunruhigend fern sind. An deren Stelle gibt es dieses helle Zimmer, in dem das tastende Sonnenlicht wandert und Figuren auf die Einbauschränke zeichnet. Maija öffnet ihre Haare und breitet sie auf dem Kissen zu einem großen Bogen aus. Die einzelnen Glieder ihres Körpers liegen friedlich und warm nebeneinander, in geheimnisvoller Folgerichtigkeit scheinen sie miteinander verbunden zu sein. Die Innenseite und die Außenseite bilden ein Ganzes.

Über so einen Gedanken muß Maija lachen, doch das Foto der Mutter auf der Kommode sieht nachdenklich aus, begutachtet den Ernst der Lage des prustenden Mädchens auf dem Bett.

Ein neuer Mann

Das ist jetzt fünf Jahre her.

Auch daran erinnere ich mich, wie ich an jenem Tag leichten Herzens mit dem Auto unterwegs war, sein Blau strahlte in der Sonne. Das Leben war schön, ich stark und gelassen. Es war ein prächtiger Tag, nein, prächtig ist ein zu banaler Ausdruck für solch einen leicht dunstigen, sachte vibrierenden Sommertag. Der Tag war wie ein Gemälde.

Die Vögel setzten ihr Gezwitscher unverdrossen fort, als ich anhielt. Irgendwo weit entfernt brummte ein Motorrad, der Wind rauschte in den Wipfeln. Nichts schien sich geändert zu haben, alles war wie kurz zuvor. Bis auf einen kleinen braunen Körper, der still im Gras lag, ohne einen Laut von sich geben oder sich bewegen zu können. Ein Hund, der vier weißgefleckte Pfoten hatte.

Das ist jetzt fünf Jahre her.

Ich sah schon von weitem, daß er tot war, wahrscheinlich war er schon in der Sekunde des Zusammenstoßes gestorben. Ich brachte es nicht gleich fertig, hinzugehen und nachzusehen, mir kam sogar der Gedanke, unverrichteter Dinge zu verschwinden. Dann schnallte ich mich trotzdem ab, stemmte mich mühsam aus dem Auto und näherte mich dem Körper. Tat ich das wirklich?

Das alles schwirrte mir drei Wochen lang im Kopf herum, wie ein kleiner lärmender Hubschrauber. Ich bin Geschäftsführer eines erfolgreichen Unternehmens, ich habe eine Frau und drei Kinder, mein Vermögen ist beachtlich. Mein Sohn haßt mich, und meine Töchter wollen mich gar nicht erst näher kennenlernen. Mervi versucht, jedes Zusammentreffen mit mir zu umgehen, und bringt das Essen rechtzeitig auf den Tisch. Wir essen schweigend. In unserer Firma bin ich der gefürchtetste Vorgesetzte, und ich halte das für eine Selbstverständlichkeit.

Gestern habe ich seit langem mal wieder Fotos angesehen, aus der Zeit, in der wir noch Familienfotos machten. Vor fünf Jahren sah ich aufrecht und zufrieden aus, Mervi im Arm und Annukka auf dem Schoß, im Garten meines Hauses, das Kind will gerade etwas sagen und lacht.

Ich besorgte mir einen Termin beim Psychiater, schluckte also schließlich meinen Stolz hinunter, und die Resultate zeigten sich bereits nach drei Wochen Sitzung: Ich bin ein neuer Mann, ich durchschaue mich und meine Abwehrmechanismen auf verblüffend souveräne Weise.

– Die Wege des menschlichen Gehirns sind unergründlich, pflegt meine Therapeutin mit wissendem Lächeln zu sagen, und ich nicke immer nachdrücklich, denn wer, wenn nicht ich, ist sich dessen bewußt. Wir haben für meinen Fall eine verhaltenstherapeutische Vorgehensweise gewählt: Zusammen mit meiner Therapeutin kehre ich zurück zum »Ort des Verbrechens«, wo ich Gas gebe und über einen hundeähnlichen Gegenstand fahre. Eine braune Ledertasche eignet sich bestens für diesen Zweck. Wir testen verschiedene Alternativen, zu einer psychischen Befreiung zu gelangen. In einem Fall fahre ich ohne Zögern drüber und sogar noch einmal rückwärts drauf, im zweiten bremse ich rechtzeitig und verschone das Tier. Vorerst hat keine der beiden Methoden gewirkt, aber anschließend habe ich immer ein gutes und friedliches Gefühl.

Meine Therapeutin heißt Terttu, und wir verstehen

uns nicht schlecht. Sie akzeptiert mich samt meinen Fehlern. Terttu hat mich dazu gebracht, alles im Grunde Lächerliche zu begreifen, sie hat mich von meiner Verantwortung befreit. Ab und an kann ich deutlich fühlen, wie das Glück bei mir anklopft, und weiß für einen kurzen Augenblick, wie es war, als das Foto von mir und meiner Familie aufgenommen wurde.

Ich will diesen Augenblick zurück. Morgen will ich meiner Tochter von dem Hund erzählen. Dieser Hund hat vor fünf Jahren mein Leben ruiniert, indem er mir vors Auto gelaufen ist wie aus dem Nichts, völlig ohne Vorwarnung.

Nachts

Wenn man schlaflos ist, ist es unmöglich zu schlafen, aber noch schwieriger ist es, wach zu sein. Katri wälzt sich schon seit drei Stunden auf dem Hochbett und hört Ossi zu. Ein gutmütiges Schnaufen zirkuliert im Raum und macht ihn enger. Ihr Kopf ist von einer schweren Schicht umhüllt, die verhindert, daß sie sich der Gedankenlosigkeit hingeben könnte. Dieselbe Schicht verhindert auch ein klares Denken, in rastloser Unordnung flimmern die Bilder vorbei. Dieselben Bilder immer wieder.

Manche sind einfach mit gesundem Schlaf gesegnet. Keine Tränensäcke unter den Augen, keine aus Schlaflosigkeit resultierende Paranoia. Ossi ist noch nie von der Welt überrumpelt worden, weil er in der Nacht zuvor nicht geschlafen hätte. Für Ossi ist Tag Tag und Nacht Nacht. Nachts wird geschlafen, und tagsüber werden schöne Dinge erlebt. Nachts wird geschnauft.

Die Leute lächeln Katri schief an, Bekannte wie Unbekannte. Der Kaffee schmeckt irgendwie nicht. Die Mutter am anderen Ende der Leitung ist von ihr enttäuscht, schwer enttäuscht und ohne Gnade. Katri bricht in Tränen aus. Bin ich denn eine so schlechte Tochter, das achte sinnlose Jahr an der Uni.

Katri reißt sich zusammen. Es gibt immer noch viele lustige Dinge im Leben, wie die neue rote Herbstjacke. Kleinigkeiten. Dennoch schläft Katri in der Waschküche beinahe ein. Das Nachbarhomopärchen starrt sie an, die kleinen Münder zusammengepreßt. Auch bei ihnen ist alles so perfekt, die große Homowohnung, Parkettfußboden und Krebsfeste. Göran singt ein Krebslied, und

Katri lauscht hinter der Wand. Fröhliche blonde Menschen in hellen Sommerpullis. Katris Herbstjacke verirrt sich in die Weißwäsche.

Die Kinder im Hof gehen ihr schon lange auf die Nerven. Das kleinste ist kaum zwei und kennt schon die übelsten Schimpfwörter. Sie hören auf, den Ball aufprallen zu lassen, als Katri näher kommt. In ihren kleinen Gesichtern liegt etwas Unheilvolles, ein erblicher Zug. Katri dreht sich an der Haustür um, die Kinder schrecken auf und laufen weg. Bleiben wieder stehen und grinsen. Niemals will Katri Kinder haben. Jedenfalls nicht mit Ossi, gut schlafende kleine Intriganten. Sie erschrickt über den Gedanken und betastet ihren wachsenden Bauch.

Sie wundert sich über die Freundinnen, die ihre Gören vollkommen ungezwungen am Tisch im Café Strindberg stillen. Mitten im Kaffeetrinken, mitten im Marmeladengebäckessen und im Gespräch. Katri guckt ungläubig. Die Geschichte bleibt ihr im Hals stecken, die Freundin beharrt: Was wolltest du gerade sagen, und wischt gleichzeitig dem Balg den Milchgeifer aus dem Mundwinkel. Es glotzt Katri an. Auch dieses Kind hat ein glänzendes Schlaftalent, kommt nach unserem Heikki. Katri läuft zur Toilette, die Finger im Hals erleichtern.

Die Schwiegermutter ist zu Besuch, ein abschätziger Blick in den Kühlschrank, auf die Zimmerpflanzen und das Teeservice. Dasselbe Nasenschnauben wie bei Ossi.

– Ossi Schatz, wieso hast du nur ein *Stadtmädchen* genommen. Wie konntest du nur. Katri hört vom Badezimmer aus zu. Ossi brummt, wehrt mit der Hand ab. Der großzügige anständige Junge vom Lande in den Fängen des Stadtflittchens.

Normalerweise ist Katri nicht so, sondern fröhlich und lebensbejahend. Drei Nächte ohne Schlaf vollbringen wahre Wunder. Früher konnte Katri Ossi tatsächlich mitten in der Nacht wecken: Jetzt reden wir. Aber bald hatte sie das satt, weil sein Kopf schwer herunterhing und die Sätze sich verirrten. Katri will kein Klotz am Bein sein.

Die Decke hat sich um ihre Fußknöchel gewickelt. Heiß ist es. Katri windet sich heraus und setzt sich auf, stößt mit dem Kopf an die Decke wie jedes, aber auch jedes Mal. Weshalb mußten sie dieses Hochbett anschaffen? Weil es praktisch ist und eine ideale Raumaufteilung ermöglicht. Ossi tischlert und schnaubt. Der praktische Ossi, Fachmann für Reparaturen im Stall. Katri steht daneben und versucht, ihre Anweisungen hinunterzuschlucken. Sieht, daß der Balken schief liegt, schweigt aber. Ossi rauft sich die hellen Haare, ist fidel wie ein Fink.

– Na, wir setzen mal Kaffee auf, damit auch du munter wirst. Machen wir einen Strandspaziergang? Oder die Wäsche?

– Deine Wäsche kann mir gestohlen bleiben, sagt Katri, ihrer Ansicht nach in bitterem Tonfall, doch Ossi bricht in Lachen aus. Gutschläfer können sich Humor leisten. Hinter der Küchentür knirscht Katri mit den Zähnen.

Im Fenster gegenüber geht das Licht an. Katri wird aufmerksam. Sie reckt sich, gibt aber auf ihren Kopf acht. Noch eine andere Seele außer ihr ist wach. Eine Frau mit dunklen Strubbelhaaren trinkt Leitungswasser, steht da und zündet sich eine Zigarette an. Katri fühlt Geistesverwandtschaft. Die schlaflose Frau leistet ihr nachts Gesellschaft, wie romantisch. Katri könnte zu ihr ziehen, dann würden sie zusammen dastehen und rauchen. Die Frau wüßte genau, was Katri meint, brauchte nur zu nicken, die Asche streiften sie in einer gemeinsamen Tasse ab. Jetzt geht die Frau ans Fenster. Katri hält den Atem an. Ihr kommt es vor, als sähen sie sich gegenseitig über die dunkle Straße hinweg an. Sie sehen sich über die gesamte unendliche schlafende Stadt hinweg an und sehen nur einander. Mit einem Mal ist Katri hellwach. Die Frau räkelt sich andächtig, ihr Mund öffnet sich zu einem genüßlichen Gähnen. Sie dreht sich auf den Fersen um und verschwindet, das Licht geht aus. Jetzt schmiegt sie sich unter warmen Decken an irgendeinen Mika. Leises Tuscheln. Und dann: zweisames, gleichmäßiges Atmen.

Katri beißt in ihre Knöchel. Sie krabbelt über Ossis Beine, macht absichtlich Krach. Keine Reaktion. Sie steigt die Hochbetttreppe hinunter, geht schon zum zweiten Mal aufs Klo. Manchmal hilft das. Das Licht der Lampe blendet, im Spiegel sieht sie wie ein angeschwollener Räucherschinken aus. Die Augen blinzeln unter bläulichen Lidern hervor.

– Hallo! sagt Katri laut. Sie stützt sich auf das Waschbecken und betrachtet ihr Spiegelbild von nahem. – Jetzt sind wir zwei ganz alleine hier. Kannst du auch nicht schlafen?

Das Mädchen im Spiegel weiß, was Sache ist. Hört Katris leisen Worten zu und antwortet, wie sich das für eine echte Schicksalsgenossin gehört. Katri holt Ossis Zigaretten aus dem Wohnzimmer. Auf dem Klo zieht der Qualm in den Abzug und verräuchert nicht die ganze Wohnung. Sie zündet sich gleichzeitig mit dem Spiegelmädchen eine an, beide sehen für einen Moment aus wie Lauren Bacall. Atmen den Rauch aus wie Lauren und lassen die Lider hängen. – You know how to whistle, don't you.

Katri lächelt über die Gesten des Mädchens, verfolgt den Lauf eines Rauchkringels über den Duschvorhang hinweg. Auch den Vorhang hat Ossi angebracht. In den Glotzaugen der blauen Fische auf dem Plastik liegt ein fragender Blick. Katri setzt sich auf den Klodeckel und schneidet ihre Fußnägel. Die Zigarette hängt im Mundwinkel, das Ende mit der Asche wächst und wächst. Katri beschließt, sie nicht abzustreifen, ehe nicht der letzte Nagel geschnitten ist.

Beim Aufwachen ist das Pochen im Kopf stärker geworden. Die morgendliche Übelkeit läßt den Magen Salto schlagen. Ossi, der werdende Vater im karierten Flanellhemd, kocht Eier und plant für den Abend eine kleine Party. Iita und Tomppa und Sanna kommen, und Leena und Lauri, die Wohnung muß noch geschmückt und der Tortenboden mit Saft beträufelt werden. Ossi gießt Katri Kaffee ein, aber die klappert mit dem Geschirr im Spülbecken. Das Wasser ist fettig, weil Ossi die reizende Angewohnheit hat, nach dem Essen kein Wasser über das schmutzige Geschirr laufen zu lassen. Die dreckigen Teller liegen im Becken, bis die Hackfleischstücke und Kartoffelschalen als feste Haut angetrocknet sind. Das Geschirr beginnt zu stinken. Das Fett klebt an den Händen, und Katri knallt die Spülbürste an die Wand. Sie fühlt die letzten Kräfte aus sich herausfließen. Ossi starrt sie mit offenem Mund an.

– Ich wasch schon ab, du kannst dich hinlegen.

– Ich komm aber verflucht noch mal nicht dazu, mich hinzulegen, ich muß ja den Kuchen und die Party für deine Idiotenfreunde vorbereiten.

Und was macht Ossi? Anstatt sauer zu werden, muß er *lachen*. – Ach, meine Kleine.

Katri schleudert Ossi das Geschirrhandtuch ins Gesicht, marschiert in den Flur und zur Wohnungstür hinaus. Mit offenen Schnürsenkeln und großen Schritten springt sie die Treppenstufen hinunter auf die Straße und geht zum Strand. Sie schnappt nach Luft wie bei einem Asthmaanfall, der Herbstwind kühlt das heiße Gesicht und treibt ihr Tränen in die Augen.

Das Meer hat die Farbe von kaltem Stahl, groß und weit und feindselig. Katri bleibt fröstelnd stehen und wickelt sich fester in die zu dünne Jacke. Sie steht nur da und wartet darauf, daß ihr Atem gleichmäßig wird.

Ossi spricht mit leuchtenden Augen davon, aufs Land zu ziehen. Gute Luft für die Kinder und Auslauf. Katri ist dagegen, sie hat doch ihr Leben lang in Helsinki gelebt, der Asphalt ist fest mit ihren Fußsohlen verwachsen. In Wirklichkeit denkt sie durchaus dann und wann an die Stille auf dem Land. Daran, wie es sich anfühlt, in einem luftigen Zimmer einzuschlafen, nachdem man den ganzen Tag herumgewerkelt hat. Auf dem Land liegt Katri nie wach.

Letzten Sommer haben sie Ossis Familie besucht, und obwohl die Schwiegermutter ihr auffordernd den Bratenwender hinhielt, kümmerte Katri sich einfach nicht darum. Sie tobte auf der Wiese umher und fiel hin. Sie wälzte sich im Heu und vergaß das Mittagessen. Abends strickte sie Socken, was sie sonst immer gehaßt hatte, und hörte Ossis Pferdegeschichten zu. Und schlief im Sitzen ein.

Katri kehrt dem Meer den Rücken und geht wieder nach Hause. Wie wird sie bloß die Party überstehen? Unausgeschlafen läßt sie bestimmt nur alles herunterfallen, stößt gegen die Möbel und flucht, ist überall im Weg. Ossi geht auf Zehenspitzen, und Katri wird das alles furchtbar aufregen.

Bis zum Abend ist Katri schon dreimal fast im Stehen eingeschlafen. Sie hat Sahne geschlagen, ihre Hand wurde langsamer und langsamer, und schließlich ist ihr der Kopf auf die Brust gesunken. Am Ende hat Ossi sich um alles gekümmert, und Katri plagt das schlechte Gewissen.

Als die Gäste eintreffen, prostet Ossi allen zu und reißt Witze. Katri beobachtet aus den Augenwinkeln, wie Iita und Leena zuviel Bowle trinken und knutschend auf dem Sofa landen. Lauri und Sanna finden einander auf ganz neue Weise, und Tomppa klettert auf den Tisch. Alle haben Spaß, folgert Katri. Sie sitzt auf dem Stuhl in der Ecke und testet die alkoholfreie Alternative. Zuviel Zucker drin. Sie sieht Ossi zu, der mit einer großen Stoffpuppe tanzt. Katri hat sie von ihm zum Geburtstag bekommen. Sie kann sich nicht zum Tanzen aufraffen. Ossi dreht sich, biegt die Puppe ungestüm hintenüber, zwinkert Katri zu.

Die kleine Wohnung ist voller Gesang und Gläserklirren. Irgendwann stoßen die Nachbarhomos dazu. Katri sieht die Münder der Leute sich bewegen, kann aber die Wörter nicht mehr voneinander unterscheiden. Sie sitzt da und läßt alle der Reihe nach das Ohr auf ihre Bauchrundung drücken. Iita schwankt vor Katri hin und her, lallt etwas. Die Musik dröhnt, die Beine stampfen, Iitas gespitzte Lippen sind viel zu nah.

– Katri Schatz … dieser Ossi ist wirklich *viel* zu lieb für dich. Komisches Lämmchen, hat der überhaupt einen eigenen Willen?

In Katri kocht es. Sie stemmt sich aus dem Stuhl, stößt Iita aus dem Weg und marschiert schnurstracks zum Plattenspieler. Sie reißt Madonna vom Plattenteller und schlägt sie mit aller Kraft gegen die Tischkante. Schwarze

Vinylstücke fliegen durch die Gegend. Stille. Die Leute erstarren mitten in ihren Bewegungen. Jemand kichert. Katri schließt sich im Klo ein. Die Gäste machen sich sang- und klanglos davon. Im Flur sind Ossis Entschuldigungen zu hören.

– Ihr versteht doch, die Schwangerschaft und alles.

Katri hört Ossi aufs Hochbett steigen. Das Schnarchen beginnt. Katri zündet sich eine Zigarette an, ihre Gedanken kehren zurück zu Wiesen und Pferden. Im Sommer ist sie zum ersten Mal geritten, das Pony hieß Pomi. Es hatte glänzendes braunes Fell, und Katri traute sich sogar, ihm den Hafer direkt vor sein Maul zu halten.

Sie fährt erst hoch, als die *Helsingin Sanomat* in den Flur plumpst. Sie hört den Zeitungsboten das Treppenhaus hinabtraben. Die Haustür fällt ins Schloß. Zeitgleich mit dem Spiegelmädchen drückt Katri die Zigarette aus. Ihre Nachtaugen sind auch fürs Zeitunglesen nicht zu gebrauchen.

Als Katri auf das Hochbett klettert, spürt sie den Schlaf kommen. Vorsichtig steigt sie über Ossi hinweg. Langsam legt sie sich auf den Rücken. Keine überflüssigen Bewegungen. Der Kopf sinkt tief ins Kissen. Sie schließt ihre Augen, versucht, nicht zu denken. Gedanken kommen, Gedanken gehen. Vertraute Menschen tauchen auf, reden mit ihr. Katri sagt: Hei Eero, was machst du denn hier, hast du das Auto schon repariert? Katri und Eero sitzen vorn. Das Auto ist leuchtend blau, und Katri überlegt, wo Ossi ist. Auf einmal ist Eero aber Ossi, und sie liegen ja auf der Wiese. Das Getreide wogt, und Ossi möchte mit ihr schlafen. Sie suchen vierblättrigen Klee. Ossi hat Gras in den Haaren und gebräunte Haut.

Katri wacht um elf auf, es ist Sonntag morgen. Die Glieder fühlen sich leicht und warm an, der Kopf klar und wundervoll. Der Kaffee duftet. Ossi summt; ein Tablett mit Butterbroten wird aufs Bett geschoben. Katris Magen knurrt genüßlich: Sie ist ganz wild auf Schinkenbrot.

Ossis Kopf erscheint am Bettrand, ein lächelnder Kopf.

– Augen auf, Schlafmütze.

Katri will kuscheln. Das Essen kann warten. Sie greift sich Ossi, drückt ihn ganz fest an sich.

– Ossi, wir ziehen aufs Land, sagt Katri. Ihre Augen sind offen; so, wie nur Augen das sein können.

Aufbruch

Durch die Windschutzscheibe durch und krach.

Es war ein nebliger Morgen, und wir stritten seit halb acht. Ich hörte Akkordeonschallplatten, von denen ich wußte, daß Liina sie haßte, und kippte den Kaffee in die Tasse, bis er über den Rand schwappte. Wieder hatte ich schlecht geschlafen, mein Nacken schmerzte, doch ich bat Liina nicht um eine Massage.

Im Fenster wurde das graue Licht allmählich sonnig und verwandelte auch meine Stimmung: Ich zerrte mir eine Hose über und schüttete den restlichen Kaffee auf den Fußboden, blieb aber nicht mehr zum Aufwischen. Liina sah nach Winter und Leere aus da im Türrahmen. Mit verzerrtem Gesicht beobachtete sie aus den Augenwinkeln, wie ich die Turnschuhe anzog und die Haustür hinter mir zuknallte.

Im Hof setzte ich mich ins Auto, in der Brust einen sonderbaren Schmerz. Ich merkte, daß meine Finger zitterten. Einen Augenblick lang wußte ich nicht, was ich tun sollte, und betrachtete die dreckige Steinwand unseres Hauses. In den zerbeulten Regenrinnen plätscherte leise das Wasser, die Schaukeln hingen wie tot an ihren blauen Stangen. Am Boden spielte der Wind mit einer einzelnen Zeitungsseite. Unschlüssig trieb sie im Sand hin und her und flog schließlich durch einen kräftigen Windstoß auf den Asphaltweg. Ich blickte der Zeitung hinterher. Entschlossen rückte sie Stück für Stück vorwärts. Ich schaute mich kurz im Rückspiegel an, mein Bild wirkte fremd: eigensinnig und willensstark. Verflucht, dachte ich. Mit hartem Griff umfaßte meine Hand die Gangschaltung.

Auf der Autobahn stürzte der Frühling auf mich ein, und ich ließ den Wagen einfach fahren. Ich kurbelte das Fenster hinunter, meine Hand hing lässig in der Luft. Tankstellen, Parks, Wälder und Steinhäuser flitzten an mir vorbei; überall dieselbe Landschaft, frisch ergrünt und lichterfüllt. Am liebsten hätte ich tief in den Wind hineingebissen. Ich schob den Kopf aus dem Fenster, meine Haare flatterten, und ich merkte, wie die Leute auf den Straßen mir nachstarrten. Hier fährt ein freier Mensch, habt ihr so etwas schon mal gesehen? Der Wind rauschte in meinen Ohren, die Ampeln konnten mich nicht stoppen. Als die Stadt hinter mir zurückblieb, fühlte es sich an, als glitte eine schwere staubige Decke von meinen Schultern. Der Tank war voll, das Auto führte mich schnellstens hinaus aus der ganzen Sinnlosigkeit.

Die letzte Nacht war wie viele andere Nächte gewesen. Plötzlich wachte ich auf, voller Unruhe, und begriff nicht sofort, weshalb. Dann kehrte die Angst zurück. Ich betrachtete Liina, wie in so vielen Nächten, ihre vom Schlaf wirren Haarsträhnen und die weiche Mulde ihres Halses. Am Fenster bewegten sich leise die Gardinen, zwischen ihnen wurden gegen den dunklen Nachthimmel die Äste der Bäume sichtbar. Zum Zerreißen gespannt lag ich da, biß auf den Zipfel des Lakens und versuchte, mich zu beruhigen. Nach und nach wurde mein Herzschlag gleichmäßiger, trocknete der kalte Schweiß auf meiner Stirn. Morgens wachte ich vor Liina auf, klapperte sorglos in der Küche herum. Sobald mir danach war, schaltete ich das Radio ein.

In amerikanischen Filmen steigen die Leute immer in schmuddeligen Motels am Straßenrand ab; im Hof summt hoch oben auf einer Laternenstange eine einsame

Glühbirne, am Empfang hockt ein lebensüberdrüssiger klappriger Alter mit einer Kippe zwischen den Zähnen. Und sobald ich an das Motel dachte, sah ich mich selbst geradeaus die Straße entlangfahren ohne ein Ziel. Ein bißchen ärgerte es mich, daß ich zufällig die braunen Cordhosen anhatte und nicht die ausgeblichenen Levi's.

Auf dem Rücksitz fand ich eine alte Baseballkappe. Sie war gelb, und obwohl »Stromburschen AG« darauf stand, zog ich sie mir tief in die Stirn. Ich hatte ein Image. Ich schloß das Fenster und legte Rock ein. Supertramp: *Goodbye, Stranger*.

Was würde Liina davon halten – ich fahre weg, und sie steht im Flur, ich fahre ins Motel und übernachte dort und lache mir vielleicht Gesellschaft an, und Liina sitzt an ihrem Schreibtisch, lernt fleißig, wird Ärztin, und ich erlebe Abenteuer in aller Herren Länder und schere mich um nichts und bin ein interessantes, rebellisches Independent Individual. Was würde Liina davon halten?

Ich trällerte im Takt der Musik und dachte nur an die Worte des Songs, nicht an mein Leben und auch nicht an den nächsten Tag, nicht daran, wer ich war oder wer ich nicht war. Ich sang und vergaß allmählich alles Graue und Unklare und die Hindernisse, die sich still vor mir anhäuften und meine Fahrt erschwerten. Alle Halbheiten vergaß ich, die Versäumnisse und auch den tödlichen Zweifel, meine Scheu, Pläne zu verwirklichen. Für einen Moment fühlte ich mich wie ein Mensch, der seine Ziele erreicht. Ein Mensch, der nach vorn schaut, den Horizont sieht und darauf zu marschiert.

Das Stück ging zu Ende, auf der Kassette war nur noch dumpfes Rauschen zu hören. Ich umfaßte das Lenkrad fester. Mein Magen krampfte sich zusammen, mir war gleichzeitig heiß und kalt. Ob ich krank wurde? Ich zitterte. Schließlich verlangsamte ich das Tempo und tastete im Handschuhfach nach Schmerztabletten. Mir fiel ein, daß das Burana in meiner Jackentasche war. Die Jacke, die zu Hause im Flur an der Garderobe hing, das Schmerzmittel in der Innentasche und ebenso das Portemonnaie.

Ich lenkte an den Straßenrand und hielt an. Langsam senkte ich den Blick auf das Armaturenbrett, dann auf die rote, verbeulte Motorhaube und den grauen Asphalt vor mir.

Die Straße rief nach mir, und ich besaß keinen einzigen Pfennig. Mein soeben erwachtes Gefühl von Freiheit drohte mich im Stich zu lassen. Wenn ich jetzt wendete, käme ich wieder nach Hause, zwischen warme Decken. Liina wäre versöhnlich, machte Tee, massierte meinen Nacken. Der Teppich wäre schmuddelig braun wie vorher, und die Katze räkelte sich darauf. Mein Fuß gab Gas, daß der Motor aufheulte, und bald war ich auf dem Land. Zum Teufel mit dem Portemonnaie, ich konnte im Auto übernachten und mir von irgendwoher Essen besorgen. Kannte ich denn niemanden in dieser Gegend?

Saara fiel mir ein, die hier in der Nähe wohnte. Die gute alte Saara war in mich verknallt, sie wurde immer nervös, wenn sie mich sah, so daß sie noch schlimmer lispelte als sonst. Saara war eine Frau ohne Vorurteile, frei von überflüssigen Hemmungen. Sie achtete nicht auf Äußerlichkeiten, sondern schätzte inneren Reichtum. Großbrüstige, warme Saara.

Welchen Eindruck ich wohl machte, wenn ich mit einer Schirmmütze über den Augen wortlos auf den Hof bog? Saara würde ein fürstliches Mahl bereiten und mich in die Sauna bitten, und alles, was ich sagte, würde sie aufnehmen wie die Wahrheit. Glänzende Idee. Ich sah auf die Karte und versuchte, an Saara, den kommenden Sommer und ans Segeln zu denken und an alles mögliche Schöne.

Liina hatte mich vom Geschirrschrank aus angesehen. Mit einem Leinenhandtuch über der Schulter stand sie da, den abgetrockneten Porzellanteller in der Hand, wie an jedem beliebigen Dienstag. Letzten Dienstag. Und sie hatte mit deutlicher Stimme gesagt: Hör mal, ich weiß nicht, ob wir eine Zukunft haben. Das Bild von Liina, ihre bedächtige Stimme, die Alltäglichkeit des Geschehens, der Teller in ihrer Hand. Ich hatte wie stets beruhigend gelächelt: Nicht doch, nicht doch, laß uns erst mal abwarten. Und das vertraute Brennen hielt Einzug in meine Brust, ein alles verschlingender Druck, der mir die Luft aus den Lungen sog.

Aber jetzt war ich auf der Straße. Ich hatte das Auto voll unter Kontrolle. Es gehorchte mir allein, und ich war weit weg von zu Hause. Wenn ich aufs Gas ging, wurde das Auto schneller. Wenn ich bremste, wurde es langsamer. Ich beschleunigte, bremste. Beschleunigte, bremste.

Mir wurde immer schwindliger. Das Fieber stieg und tauchte alles in dichten Nebel. Die Landschaft raste als konturlose Masse an mir vorbei, ich fuhr und wußte nicht, wo ich war. Dann entdeckte ich die richtige Kreuzung. Hier mußte es sein. Ich lenkte das Auto auf die Straße, die zu Saaras Haus führte. Das Heck wurde kurz hin- und hergeschleudert. Ich lehnte mich in meinem Sitz zurück, spürte eine unwiderstehliche Mattigkeit in meine Glieder kriechen. Schon sah ich Saaras verschwommene Gestalt. Warm und vertraut beugte sie sich zu mir.

– Hallo, Saara, wie läuft's denn so? Ich lächelte mein vorher eingeübtes Lächeln, und Saara lächelte zurück.

Sie war schöner, als ich sie in Erinnerung hatte, Grübchen in den runden Wangen und ein leise perlendes Lachen. Die Brüste waren exakt so groß, wie ich es mir eingeprägt hatte. Sie hielt mich an den Schultern fest, ich fühlte, wie das Gewicht und die Geborgenheit ihres Körpers mich erfüllten. Saara wisperte mir etwas mit vielen S-Lauten ins Ohr. Schließlich löste ich mich aus ihrem Griff. Mit weichen Gliedern trat ich ins Zimmer, das übervoll war mit Porzellankatzen. Weiße, rosafarbene. Ich erinnerte mich an den Morgen dieses Tages und seine Atmosphäre, an die warme Stimmung eines Zuhauses, die es hier nicht gab. Mein Kopf sank auf die Armlehne des Samtsofas, und ich versuchte, die Katzen zu zählen. In hochmütigen Posen musterten sie den ungebetenen Eindringling. Bei vierzig kam ich durcheinander und zuckte zusammen, als plötzlich Saaras Beine vor mir standen.

Perlmuttlack. Aus irgendeinem Grund animierten mich diese Zehen dazu, über Frauen im allgemeinen nachzudenken. Mir fiel ein, daß Liina immer wollte, daß ich meine halbfertigen Sätze vollendete. Saara war nicht so. Anders wiederum als Liina würde Saara nie Kinder haben wollen, sie wollte reisen und die Welt sehen und ihre eigenen Wege gehen. Liina sprach ständig von einem Baby. Ich hatte Angst vor Kindern, immer schon. Liina sagte, wenn sie mit mir kein Kind haben könne, dann eben mit jemand anderem.

Saaras Schoß war breit, ihre Stimme glitt zum rechten Ohr herein und zum linken hinaus, ich wußte nicht mehr, wovon sie sprach, ihre Hand streichelte sanft, sanft die meine ... Ich drückte Saara fest an mich und überlegte, wie wohl der scharfe Geruch von Benzin ins Zimmer gekommen war.

Meine Schläfe schlug gegen das Fenster. Ein Speichelfaden hing mir bis auf den Schoß hinunter. Das Auto war brav am Rand der Straße zum Stehen gekommen, die Lichter der Vorbeifahrenden streiften über den Asphalt. Mein Herz pochte. Aber ich war weniger erschrocken als niedergeschlagen vor Enttäuschung: Saara würde sich in Wirklichkeit sicher nicht einmal an mich erinnern.

Die Dämmerung war angebrochen. Ich mußte Stunden geschlafen haben. Mühsam kroch ich aus dem Auto, streckte meine steifgewordenen Glieder und hüpfte ein wenig auf der Stelle. Das half nicht, schneidende Kälteschauer jagten mir über den Rücken. Im Kofferraum fand ich eine Filzdecke, die Liina immer dabeihaben wollte, sicherheitshalber. Darin wickelte ich mich ein. Stumpfsinnig setzte ich meine Fahrt fort, meine Stimmung war gedrückt und der Kopf noch heißer als zuvor. Die Namen der Orte flackerten auf den blauen Schildern über mich hinweg, ohne mir auch nur das geringste zu sagen. Aus meiner Nase floß dünner Rotz. Warum, verdammt noch mal, sollte ich überhaupt einen einzigen Meter weiterfahren? fragte ich mein Bild im Rückspiegel. Schon während ich fragte, wußte ich, daß eine Umkehr ausgeschlossen war. Im Spiegel blinzelten müde, aber zielstrebige Augen.

Schon seit einigen Kilometern hatte ich den Eindruck, daß die hinter mir zurückbleibende Straße im Nichts verschwand. Hinter meinem Rücken existierte die Welt nicht mehr; sie versank in dem Maße im Dunkel, wie ich vorwärts fuhr. Nur vor mir war die Straße Wirklichkeit. Der Gedanke fühlte sich gut an. *Nur vor ihm war die Straße Wirklichkeit.* Ich wiederholte die Worte in meinem Kopf, während ich den gelben Bändern der Lampen folgte; die Nacht um mich herum wurde schwärzer, und ich suchte nach einem passenden Platz zum Schlafen.

Schließlich fuhr ich in eine ruhige Nebenstraße und hielt auf dem Seitenstreifen. Ich verriegelte die Türen, rollte mich auf der Rückbank zusammen und zog die Decke bis an die Ohren. Das Knurren meines Magens füllte das kleine Auto, bis der Schlaf endlich kam.

Am Morgen taten mir alle Glieder weh. Ich lag mit verrenktem Hals an die Autotür gequetscht, die Fenster über mir waren von oben bis unten beschlagen. Langsam richtete ich mich auf und versuchte zu erfassen, wo ich war und warum. Mein Magen war ebenso leer wie meine Taschen. Ich konzentrierte mich darauf, nicht an den Hamburger aus meinem Traum zu denken.

Draußen war es wärmer geworden. Als ich den hellen Frühlingsmorgen sah, fühlte ich mich wie erleuchtet. Ich konnte mich nicht erinnern, wann ich das letzte Mal so empfunden hatte. Allein war ich zu diesem Punkt aufgebrochen und allein hier angekommen. Ich saß in meinem mir liebgewordenen Auto. Das immerhin hatte ich, rot und einem Zuhause ähnlich. Mir wurde bewußt, daß ich dachte: Das Auto ist jetzt mein ganzes Leben.

Ich schob mich auf den Fahrersitz, atmete tief ein und lenkte den Wagen zurück auf die Straße. Leise tuckerte ich vor mich hin und überlegte nicht mehr, wo es hinging. Die Sonne wärmte meinen von der Nacht strapazierten Körper.

In Gedanken sah ich vor mir, wie Liina am Küchentisch Mettwurstscheiben auf dem Brot anordnete, jede einzeln und sorgfältig, und die Radiosender wechselte. Wie sie darüber nachdachte, wo ich hingeraten war, sich Sorgen machte und Freunde anrief. Ich mußte lächeln. Ich sah sie sich mit schnellen und effektiven Bewegungen die Zähne putzen und das zum Tag passende Kleid aus dem Schrank heraussuchen. Sich plötzlich bücken, um die Katze auf den Schoß zu nehmen, während die langen Locken ihr in die Augen fielen. Ich sah, wie Morri sie mit dem Kopf anstupste und vor Wonne die Glieder streckte. Morri hatten wir vor einem Jahr gemeinsam angeschafft, weil Liina es so wollte. Sie tobte mit der Katze über die Teppiche und schleuderte verschiedenfarbige Wollknäuel durch die Wohnung. Ich erinnerte mich, wie Liina dabei aussah, ungestüm und mit einem glücklichen Lachen auf ihren Lippen. Ich erinnerte mich, wie eine Liebe mich erfüllte, die ich vorher nicht gekannt hatte.

Morri wuchs, und natürlich wurde es Liinas Katze. Um mich machte sie einen weiten Bogen, meinen Lieblingsstuhl zerfetzte sie sich zu einem Nest. Ich kaufte mir einen neuen Stuhl und Morri einen Haufen Spielzeug. Ich probierte, mit Wollknäueln zu werfen. Morri sah nicht einmal hin. Ich versuchte, ihr Fischstäbchen aufzudrängen, die sie doch so liebte. Die Katze wartete, bis ich mich aus der Küche entfernt hatte, und glitt dann auf leisen Pfoten zum Napf wie eine gelangweilte Kleopatra. Liina lachte schallend über meine Eifersucht.

Nach einigen Stunden Fahrt sah die Umgebung fremd aus, und die Häuser hatten flache Dächer. Der Hunger trübte langsam meinen Blick; ich mußte mit aller Kraft das Lenkrad festhalten und aufmerksam nach vorn gebeugt dasitzen, um auf der Straße zu bleiben. Vor meinem inneren Auge zogen bereits Möglichkeiten wie Tankstellenüberfall, Betteln oder Tauschen von Kleidern gegen Pommes vorbei. Ich überlegte, wie sich fettige Kartoffel am Gaumen anfühlte. Wie die knusprige Oberfläche nachgab und der mehlige Inhalt herausplatzte. Ich dachte an ein blutiges Steak mit Sauce béarnaise; eine Mahlzeit, die mir Liinas Vegetarismus über Jahre nicht gestattet hatte.

Ich mache einen U-Turn, beschloß ich. Gleich drehe ich um. Welchen Sinn hatte es weiterzufahren, welchen Sinn hatte überhaupt irgend etwas?

Auf einmal stand am Straßenrand ein Junge mit erhobenem Daumen. Ich fuhr zunächst vorbei und musterte ihn durch die Windschutzscheibe. Dann trat mein Fuß auf die Bremse, und ich fuhr im Rückwärtsgang zu ihm zurück. Der Junge trug eine Fliegerjacke im Stil der zwanziger Jahre, braun und abgewetzt, haargenau so eine, wie ich sie selbst auf Flohmärkten gesucht hatte. Er war ungefähr zwanzig und hatte wohlüberlegte Bartstoppeln und zarte Finger, mit denen er die Beifahrertür öffnete, um sich samt Rucksack hereinzuschieben.

– Tolle Basecap, antwortete er, als ich fragte, wohin die Reise gehen sollte. Ich trat aufs Gas, so daß der Kies an die Kotflügel spritzte. Der Wagen hinterließ eine dicke Staubspur, und ich dachte: Ob du bei dem Fahrstil wohl mit von der Partie bleiben wirst? Mir fiel *Die Nacht des Schmetterlings* ein, ein Film, in dem die muntere Eevi quer durch Finnland fährt und einen schönen Fremden aufgabelt. Auch Eevi hat es nicht eilig, weil sie Urlaub macht und Autofahren mag.

Der Junge sah noch immer unverwandt auf meine Baseballkappe. Aus irgendeinem Grund setzte ich sie ab und drückte sie ihm auf den jungenhaften Schädel. Sein sandfarbener Pony stand steif darunter hervor; er besah sich im Rückspiegel. Was das wohl für eine Rotznase war, ein Rumtreiber? Er sah mich an, als wartete er auf etwas.

– Hast du was zu essen? Ich kam gleich zur Sache.

Aus den Augenwinkeln sah ich, daß der Junge lächelte, eine breite Zahnreihe wurde sichtbar – der hatte aber auch gerade, weiße Zähne!

– Yeah.

Er wühlte in seinem Rucksack. Sofort lief mir das Wasser im Mund zusammen, ich hielt an und brach bei dem Gedanken an Essen beinahe in Tränen aus. Der Junge zog ein warmes Brot und lange Bundmöhren hervor.

– Biodynamisch, sprach er sorgsam aus. Ich riß ihm den Laib aus der Hand und biß hinein. Hastig schlang ich die himmlische Gabe hinunter. Ich klaubte jeden einzelnen Krümel, der mir in den Schoß fiel, wieder auf und fühlte, wie sich die Brotstücke langsam in meinen zusammengeschrumpften Magen senkten. Wortlos gab mir der Junge den Rest vom Brot und rührte selbst das Essen nicht an. Ganz der unbekümmerte Ausflügler, dem Kleinigkeiten wie Hunger nichts anhaben konnten.

Neue Kraft strömte in meine Glieder und richtete mich wieder auf. Es war, als sei die ganze Welt um mich herum durch ein kümmerliches Roggenbrot zu neuem Leben erwacht. Zum Hinunterspülen reichte er mir Quellwasser, »direkt aus einem klaren Waldbach«. Schwer zu sagen, wie ernst es diesem Jüngling eigentlich war. Dann fiel mir ein, daß ich nicht nach seinem Namen gefragt hatte.

– Tuomas.

Er reichte mir seine zarte Hand und lächelte erneut sein einnehmendes Lächeln. Ich hatte mir die Zähne nicht geputzt und kramte im Handschuhfach nach Kaugummi. Tuomas bot mir Juicy Fruit an. Die enthielten zwar kein reinigendes Xylitol, aber ich nahm den Streifen trotzdem entgegen und schob ihn mir in den Mund.

Auf Tuomas' Wunsch hörten wir im Radio finnische Sixties, Anki und Carola. Wir sagten nichts Überflüssiges.

Wir fuhren einfach geradeaus, beide ohne Ziel. Verstohlen sah ich zu Tuomas hinüber. Er saß betont aufrecht und schnippte mit den Fingern im Takt. Ich überlegte, weshalb seine Kleidung so sauber und ordentlich war, eindeutig aus einem Laden der feineren Sorte. Und so einer stand mit ausgestrecktem Daumen am Straßenrand.

Tuomas schien mir aus einer anderen Zeit zu stammen: ein vergeistigter Aristokrat aus einer romantischen Erzählung des 19. Jahrhunderts. Neben ihm fühlte auch ich mich anders: entrückt und zart, wie nach dem Genuß von Wein. Meine Muskeln entspannten sich, mein Kopf füllte sich mit neuen Plänen.

Wenn Tuomas etwas sagte, benutzte er besondere und für Jungen seines Alters ungewöhnliche Ausdrücke. Er warf zum Beispiel ganz unvermittelt ein: Geradezu hinreißendes Wetter heute! Meinst du, die Lerchen kommen bald? Da konnte ich ihn nur noch überrascht anschauen. Oder: Unglaublich, wie die Barbaren sogar solch kleine Straßen okkupieren. (Damit spielte Tuomas auf den stolzen Besitzer eines grünen Saabs an, der mit erhobenem Mittelfinger an uns vorbeirauschte.) Wir sahen uns an und mußten lachen.

Der Himmel wölbte sich über uns, unendlich und blau. Ort und Zeit verloren ihre Bedeutung. Ich hätte ewig so weitermachen können: nur die Hand aus dem Fenster hängen lassen und der Straße folgen.

Manchmal bin ich so mit Liina herumgefahren, vor Jahren, als alles einfach war. Wie waren zwei junge Wilde, unter uns vier schnelle Räder, Liinas Haare flatterten im Wind, und ich hielt das Lenkrad nur mit der linken Hand. Die andere Hand lag auf Liinas schmalem Knie, und ich hatte vor nichts Angst.

Doch Tuomas war nicht einfach nur ziellos unterwegs:

Er mochte es, kreuz und quer durch Finnland zu reisen und »neue spannende Menschen kennenzulernen«. Ich hatte gar nicht gewußt, daß es solch eine Spezies überhaupt noch gab. Wir folgten den kleinen Straßen an der Westküste, die schwedischsprachigen Kühe und die hübschen kleinen Holzhäuser sahen uns von beiden Seiten zu. Das Meer schimmerte hinter den Feldern und Bäumen hervor und ließ unser Freiheitsgefühl wachsen.

Die Tankanzeige ging langsam auf Rot. Ich sah den Spaß schon enden, schob aber die Bekanntgabe so lange auf, wie ich konnte, denn ich schämte mich zu erzählen, daß ich kein Geld hatte. Schließlich ging es nicht mehr anders. Tuomas warf einen kurzen Blick auf mich, stieß ein knappes Hm! aus, als sei dies von allen Problemen das kleinste, und wies mir den Weg zur nächsten Tankstelle. In seinem teuer aussehenden Portemonnaie kam ein strammes Bündel Scheine zum Vorschein. Ich war unfähig, dies zu kommentieren.

Als wir durch die Gänge der Lebensmittelabteilung streiften, fühlte ich eine kindliche Freude. Wir griffen uns alle möglichen Waren aus den Regalen, alberten mit dem Einkaufswagen herum und lachten, als hätten wir uns schon immer gekannt. Anschließend tankten wir, Tuomas ging bezahlen und ich pinkeln. Wir quetschten uns mit unseren Einkäufen wieder ins Auto. Ich war schon dabei, die blaue Wurstpackung mit den Zähnen aufzureißen, als Tuomas mit einer Handbewegung Einhalt gebot.

– Ich kenne hier in der Nähe eine Location.

In seiner Stimme lag Begeisterung. Auch ich war aufgeregt. Jetzt würde alles gutgehen, wir würden eine Location aufsuchen und planen, wie es weiterginge. Alles war möglich. Ich wäre mit absolut jedem Ort einverstanden gewesen. Der, den Tuomas meinte, entpuppte sich als gelbes Holzhaus nahe der Hauptstraße. Die Eigentümer waren »Bekannte, die an Gästen keinen Anstoß nahmen« und den Schlüssel extra für Tuomas unter die Fußmatte legten. Ich fragte nicht weiter.

In einen Schlafsack gewickelt lag ich vor dem lodernden Kaminfeuer. Die Wurst schmeckte zusammen mit kaltem Bier unfaßbar gut. Tuomas saß aufrecht neben mir, die schlanken Beine übereinandergeschlagen, und summte leise. Er hatte mich praktisch hereingetragen, derart müde war ich vom Fahren gewesen. Er hatte mir Matratzen hingelegt, die Sauna angeheizt und war geschäftig im Haus umherspaziert, als wäre es seines. Ich erzählte ihm von Liina und mir und der Unmöglichkeit zurückzukehren. Ich sagte, daß mir jetzt nur noch die Straße bliebe. Er hatte verständnisvoll genickt.

Das Haus war eine echte Hippie-Absteige voller Plunder, von den Korbstühlen bis hin zu den kaputten Fernsehern. In der Tat konnte ich nirgends einen heilen Gegenstand entdecken. Die Öllampe verbreitete ihr flackerndes Licht im Zimmer und erweckte die Wandteppiche zu neuem Leben.

Tuomas sah verträumt ins Feuer, seufzte leise und knabberte vorsichtig an den Enden seines Tofuwürstchens. Allmählich ärgerte ich mich darüber, daß ich ihm meine Baseballkappe gegeben hatte. Ungeduldig befreite ich mich aus dem Schlafsack und wollte etwas Schlaues sagen, aber aus meinem Mund quollen nur mir völlig fremde Banalitäten. Als ich versuchte, das Feuer zu schüren, kippte ein großer Holzklotz um und erstickte die Flammen. Tuomas beugte sich vor und behob den Schaden.

– Ich bin ein alter Pfadfinder, ein Profi im Feuermachen, murmelte ich, und Tuomas lächelte schief. Er erzählte mit leiser Stimme von dem Feriencamp, in dem er sich im vorigen Herbst aufgehalten hatte. Da herrschte dieses Indianer-Lifestyle-Getue, bei dem man Borke aß und nackt in moosigen Unterständen fror. Zauber mit den Seelen der Vorfahren. Ich beobachtete seinen Gesichtsausdruck, er war ernst und angespannt. Tuomas erinnerte mich an mich selbst, als ich jünger war. Oder eigentlich an jeden jungen Menschen, der gerade seine Besonderheit entdeckt hat. Ich schloß die Augen und mühte mich, dieses Gefühl wieder zu fassen zu kriegen. Wenn die Eroberungen neu und überraschend sind, jede Erfahrung ein Sieg auf dem Weg zur künftigen Größe ist. Wenn man das allmorgendliche Aufstehen nicht lang und breit vor sich selbst rechtfertigen muß. Oder wenn der Universitätsabschluß noch möglich erscheint.

– Ich habe gelernt, den Felsen zuzuhören, sagte Tuomas in andächtigem Ton und plinkerte mit den Wimpern. Lang und gebogen waren sie, fiel mir auf.

Wir gingen in die Sauna hinüber. Im Umkleideraum schien Tuomas sich zu genieren. Er trödelte beim Ausziehen und nestelte umständlich an seinem Uhrarmband. Ich kletterte, ohne ihn anzusehen, auf die obersten Bretter, Tuomas folgte. Ich öffnete eine Gemeinschaftsbierflasche. Wir saßen still da. Machten Aufgüsse.

Tuomas hatte offenbar etwas auf dem Herzen. Er blickte verstohlen zu mir herüber und versuchte, sein Anliegen in Worte zu kleiden.

– Auch ich habe Abenteuer erlebt, als ich jünger war, sagte jemand mit meiner Stimme, und ich traute meinen Ohren nicht. – Ich meine, ich bin rumgefahren und durchs Land getrampt.

Die Schamröte breitete sich über meinen ganzen Körper aus, aber in der Sauna war es dunkel. Ich erzählte von meiner Interrailfahrt vor vielen Jahren. Ohne eine Übernachtungsmöglichkeit zu haben, war ich im stockdunklen Vorort einer Großstadt angekommen und nach einigem Umherirren schließlich unter einem großen Baum auf das erstbeste Rasenstück gesunken. Sicher ein naturgeschützter Baum, der auch meinen Schlaf beschützt, hatte ich beim Einschlafen noch gedacht. Am Morgen donnerten dann die LKWs vorbei, und die Polizei jagte mich weg, denn das Rasenstück war eigentlich die Mitte einer Verkehrsinsel, der Baum war wirklich außerordentlich geschützt und beherbergte äußerst aggressive Borkenameisen. Von Rasensprengern durchnäßt, voll brennender Bisse erhob ich mich von meinem Lager, um mich der Staatsgewalt zu widersetzen. Liina hatte die Pointe meiner Geschichte nie verstanden, aber Tuomas sah mich eindringlich an.

– Wow, sagte er und hob die Augenbrauen.

Ich bekam Lust, mehr zu erzählen. Ich erzählte, wie ich der Uni schon vor langer Zeit den Mittelfinger gezeigt hatte; ich hatte kapiert, daß das kein Ort für mich war. In der Bibliothek schwitzten Idioten mit Spinnweben in den Ohren und einem ungelebten Leben hinter sich, puh. Die vertrockneten Professoren und ihre pompösen Gedanken von einer Welt, die sie nie gesehen hatten. Nein, das war wirklich nicht mein Ding. Ich vergewisserte mich, daß Tuomas verstand. Er schaute verzückt.

Die Sauna war klein und heimelig, genau so, wie eine Sauna auf dem Land zu sein hatte. Wann hatte ich das zuletzt genossen, wie gesunder Schweiß durch die Poren trat, die Wärme in sanften Wellen bis zum Haaransatz flutete?

Ich setzte meine vertrauensvolle Plauderei fort und erzählte, daß ich alle möglichen Jobs ausprobiert hatte und überall intuitiv zurechtgekommen war. Aber keiner hatte meinen Talenten entsprochen, geschweige denn meinem Ehrgeiz. Tuomas nickte nachdenklich. Er saß gekrümmt, die langen Arme und Beine gekreuzt, entspannt ließ er seinen Kopf hängen, die nassen Haare fielen ihm in die Stirn. Sein Rücken war schmal, doch überraschend muskulös. In kleinen Rinnsalen perlte das Wasser daran hinunter.

– Kommt mir bekannt vor, sagte er dann. – Ich hatte auch schnell die Nase voll, als ich in der Schule aufgenommen worden war, von der ich immer geträumt hatte. Das soll's jetzt also sein, dachte ich. Grafikdesign, und alles in meiner Reichweite, die Zukunft und die Möglichkeiten und die sexy Medien und das endlose Gerenne nach dem Geld.

Tuomas musterte mich, um zu sehen, ob ich noch zuhörte, und fuhr fort.

– Heutzutage denkt doch keiner an was anderes. Ich hab mir überlegt, verflixt, ich bin noch jung. Ich kann mir eine Auszeit nehmen, ehe ich endgültig ins Hamsterrad steige. Ich hab die Tasche gepackt und bin los. Meinem Vater hat die Idee natürlich nicht gefallen. Er weiß nicht mal, wo ich gerade bin.

– Das Feuer geht aus, bemerkte ich. Tuomas stieg hinunter, um ein Birkenscheit nachzulegen. Er hockte auf dem Fußboden und sah zu mir auf.

– Ich wäre gerne so wie du, sagte er. – Einfach so weggehen und sein vertrautes Leben hinter sich lassen.

Ich leerte die Bierflasche in einem einzigen hastigen Zug. Warum ich nervös war, wußte ich nicht. Tuomas setzte sich wieder neben mich.

– Und jetzt kommt ein Geständnis, sagte er. – Wirklich, ich hatte gerade den Mut verloren und wollte aufgeben und zurück nach Hause gehen, als du angehalten und mich mitgenommen hast. Was für ein *Glück*, daß du aufgetaucht bist.

Er lehnte sich zu mir herüber und flüsterte: Paß auf. Ich weiß nicht, ob ich mich überhaupt jemals ins Hamsterrad sperren lassen werde.

Als wir wieder im Haus waren, sah Tuomas mich lächelnd an und zwinkerte mir zu. Aus der Tasche seiner Lederjacke kramte er Tabak hervor. Mit einer etwas lächerlich wirkenden Andacht begann er zu drehen, streute die Krümel ein und leckte am Papier. Zwischendurch betrachtete er mich betont geheimnisvoll. Dann zündete er die Zigarette an, inhalierte tief und behielt den Rauch in der Lunge. Er schnitt eine Grimasse, und ein paar Tränen stahlen sich aus seinen Augenwinkeln. Ein süßlicher Geruch wie von betörenden Räucherstäbchen verbreitete sich in der warmen Stube. Tuomas streckte sich der Länge nach auf dem Boden aus, hielt die Zigarette wie ein altmodisches Mundstück in seinen Fingern, und wieder mußte ich an heruntergekommenen Adel denken. Dorian Gray beim Genuß der ersten Opiumzigarette des Abends. Er reichte mir die Zigarette; routiniert nahm ich sie entgegen, zog daran und hielt den Atem an. Ich zog noch einmal. Ich merke absolut nichts, dachte ich. Wir rauchten leise vor uns hin. Die Zeit verging, aber Tuomas' Stoff zeigte keinerlei Wirkung. Ich war leicht enttäuscht.

Das Kaminfeuer knisterte und knallte, ich konnte beim besten Willen keine Ordnung mehr hineinbringen. Die weißen Flammen mischten sich sehr malerisch, aber heftig in die roten, wie mir auffiel. Die Kraft des Feuers. Und wie hübsch doch Tuomas' Gesicht im flackernden Schein der Flammen aussah. Ein junger Adonis.

Ich spürte meine Knie, meine Knöchel und mein Kreuz, alles einzeln. Meine Handflächen waren die logische Fortsetzung meiner Arme, die zugleich schwer und leicht waren. Als ich den Kopf drehte, folgte die Umgebung einen Moment lang nach. Das Feuer loderte als hell strahlendes Band vor meinen Augen.

Die Zeit verging unglaublich langsam. Ich sah auf die Uhr, und nach einer Stunde waren die Zeiger nur um fünf Minuten vorgerückt. Ich sah wieder hin, dasselbe Ergebnis.

Meine Gelassenheit verwandelte sich irgendwann in Unruhe. Auf einmal brauchte ich frische Luft. Ich taumelte hoch und verschwand auf den Hof. Es war hell, obwohl es schon spät war. Ich betrachtete die weißen, blätterlosen Birken und sann darüber nach, in was ich hier hineingeraten war. Mein Blick fiel auf eine Fahnenstange, an der etwas Schwarzes hing. Bei genauerem Hinsehen entpuppte sich das als eine Flagge mit einem weißen Schädel und gekreuzten Knochen. Ich mußte lachen.

Mit dem Kopf im Nacken stand ich mitten auf dem Hof. Mir war leicht schwindlig, meine Beine fühlten sich schwer an. Im Kopf hörte ich ein angenehmes Rieseln. Schon wollte ich ins Haus zurückkehren, als mich etwas an der Schulter berührte. Ich erschrak und stieß einen befremdlichen Laut aus. Tuomas ließ seine Hand auf meiner Schulter liegen. Wir sprachen nicht, und eine seltsame Ruhe ergriff mich. Obwohl ich fror, bewegte ich mich nicht, bis Tuomas etwas von Schlafengehen murmelte. Ich war kein bißchen müde und ging allein den Sandweg entlang.

Das Schmatzen der Gummistiefel im Schlamm war angenehm. Mit langen Schritten ging ich den Weg hinunter und wich den Pfützen nicht aus. Ich planschte darin herum, und mir wurde klar, daß ich das seit meiner Kindheit nicht mehr getan hatte. Dann kam ich an ein Feld. Es war groß und grau und schien seine Bestimmung zu erfüllen. Drinnen keimten die Knollen und schoben grüne Triebe hervor, aus denen im Sommer die Kartoffeln reiften. Der Blick auf das nasse Feld ließ mich eins mit der Erde werden. Tatsächlich. *Er war eins mit der Erde.*

Normalerweise fühlte ich mich nicht sonderlich wohl auf dem Land, wo die Zeit stehengeblieben war und alles voller Fliegen. Aber jetzt bückte ich mich und griff mir eine Handvoll nassen Sand. Ich betrachtete ihn und dachte über meine Freunde in der Stadt nach. Sie verschwendeten all ihre kostbare Zeit im Internet und in Einkaufszentren. Wußten sie denn überhaupt, wer ich eigentlich war? Oder diese Krähe, die über meinen Kopf hinwegflatterte, wußte sie vielleicht etwas von meiner Einsamkeit?

Ich blieb so, in der Hocke, im Zwiegespräch mit mir selbst. Es war ruhig. Der Wald erschien mir vertraut und sicher. Dann bemerkte ich, daß mein Stiefel sich in den Schlamm gebohrt hatte. Ich stand auf, und mein Fuß sank noch tiefer. Es blubberte leise. Ich umfaßte meinen Knöchel und zog mit aller Kraft. Mein Fuß blieb stecken. Vorsichtig richtete ich mich auf, stand einen Moment da. Das Feld breitete sich leer und öde vor mir aus. Die Krähe lachte lange und schadenfroh. Tränen der Enttäuschung traten mir in die Augen. Schließlich mußte ich den Fuß aus dem Stiefel ziehen und nur auf dem Strumpf zurücklaufen. Der schwarze Schuh blieb am Feldrand zurück.

Ich hinkte durch dieselben Pfützen wie auf dem Hinweg. Frierend und mit gesenktem Blick näherte ich mich dem Haus, das sich im Regen duckte. Die vollgesogene Wollsocke triefte vor Matsch, selbst die Erde schien mich betrogen zu haben. Ich überlegte, wie ich die Sache vor Tuomas geheimhalten konnte, denn ich hatte keine Lust, mir sein Hohngelächter anzuhören. Schon auf der Veranda zog ich den Stiefel aus. Durch die Tür drang der Geruch von Toast. Tuomas hatte den Tisch hübsch für zwei gedeckt, Brot, Marmelade und Tee, obwohl ich nicht darum gebeten hatte. Mein Hunger war nicht physischer Natur.

Tuomas saß zusammengekauert wie ein nasser Welpe da und wollte von mir getätschelt werden. Ich rührte das Essen nicht an, statt dessen ging ich schnurstracks ins Bett.

Im Traum ruderte ich auf dem offenen Meer, an den Rudern mir gegenüber saß ein fremdes blondes Mädchen. Wir sahen einander ununterbrochen an, unsere Bewegungen waren vollkommen synchron. Wenn ich mich vorbeugte, lehnte sie sich zurück, wenn ich die Ruder zu mir zog, folgte sie meiner Bewegung. Das Boot glitt ruhig und geschmeidig vorwärts. Auf ihren Lippen spielte ein kleines Lächeln. Wir ruderten und schauten, wir waren unterwegs an den Strand, wo, wie ich wußte, Liina wartete. Im Gesichtsausdruck des Mädchens lag eine Botschaft, die ich nicht verstand. Ich dachte nur, wenn das doch niemals aufhören würde, wenn ich doch ewig mit ihr auf dem Meer rudern und dieses vertraute, ausdrucksstarke Gesicht anschauen dürfte. Da öffnete das Mädchen den Mund und sagte: Das bist ja du! Und sie lächelte mich auf so schöne Weise an, daß ich beim Aufwachen vollkommen glücklich war.

Als ich später versuchte, erneut das Gefühl des

Traums in mir hervorzurufen, schimmerte nur ein undeutlicher Widerschein davon auf.

Morgens wurde ich durch den Geruch von Fett wach. Die Haare klebten in Strähnen an meiner Stirn. Im Mund hatte ich den Geschmack von abgestandenem Bier. Ich war mit einer senfgelben Decke zugedeckt worden, meine Sachen lagen sorgsam gefaltet über dem Stuhl. Ich taumelte hoch, stützte mich an den Wänden ab und schleppte mich in die Küche. Tuomas, in einem neuen blauen Pullover, briet Pfannkuchen, im Radio leierte Jefferson Airplane. In allen Ecken waren Stapel von schmutzigem Geschirr und alten Zeitungen; die rissigen Fensterbänke standen voll mit selbstgetöpfert anmutenden Tongefäßen, den üblichen leeren Flaschen vom guten Hausmacherwein und Ethno-Skulpturen.

Ich konnte an Tuomas' Rücken ablesen, daß er beleidigt war. Obwohl ich mich elend fühlte, mußte ich lachen; die ganze Situation war dermaßen unsinnig. Kameradschaftlich klopfte ich ihm auf die Schulter, dem schmalen Elfenjungen. Tuomas knurrte, wie Verletzte eben knurren.

– Danke fürs Kaffeekochen. Ich lächelte und goß auch ihm ein. Er saß mir gegenüber, sah mir aber nicht in die Augen. Mit munterem Geplauder versuchte ich, diesen seltsamen Jüngling aufzumuntern, der selbst beim Frühstück mit meiner Baseballkappe dasaß. Ich sah uns als Fremde im ländlichen Idyll, unterwegs ins Ungewisse. Niemand würde hier nach uns suchen, wir konnten machen, was wir wollten.

Wir aßen und schmatzten, und ich dachte lange nicht an Liina. Sie fiel mir erst wieder ein, als ich aufs Klo mußte und das Klopapier mit dem Umweltengel sah, das auch Liina bevorzugte. Ich saß auf der Schüssel und fühlte mich voller Kraft. Plötzlich spürte ich, daß es gleichgültig war, welche Richtung ich einschlug, selbst wenn ich zurückkehrte. Ich würde nach Hause fahren, sollte Liina von mir denken, was sie wollte. Jawohl. Und würde meine Siebensachen packen, sobald mir danach war. Ich brauchte Liina nicht, nicht so wie früher. Ich würde auf den Hof einbiegen, Liina stünde am Fenster und winkte mir besorgt zu. Worte wären nicht nötig, ich würde sie nur in die Arme schließen, und das wär's.

Auf einmal hatte ich es derart eilig, auf die Straße zu kommen, daß ich keinerlei Lust mehr verspürte, Tuomas' Getue zu ertragen. Er wollte mit mir zum Fluß, um »das Erwachen der Natur zu sehen; *unbeschreiblich* schön«.

Tuomas sah verblüfft drein und verbarg seine Enttäuschung nicht, als ich meine Habseligkeiten zusammensammelte. Ich ließ den Autoschlüssel um meinen Finger kreisen.

– Komm schon, die Straße ruft.

Er verstand meinen Sinneswandel nicht und erinnerte mich daran, daß ich davon gesprochen hatte, in den Sonnenuntergang zu fahren. Starrköpfig saß er am Tisch, schlürfte Kaffee und sah an mir vorbei. Schließlich war meine Geduld am Ende, und ich ging hinaus zum Auto. Ich stieg ein, zählte die Sekunden, und siehe da, ein panischer Tuomas kam mir nachgerannt. Wortlos nahm er auf dem Beifahrersitz Platz.

– Ich laß dich raus, wo du willst. Gib mir deine Kontonummer, dann kann ich meine Schulden bezahlen.

Tuomas sah mich unter seinen Augenbrauen hervor an. Schließlich nahm er die Baseballkappe ab und setzte sie mir mit Nachdruck auf.

– Nichts bist du mir schuldig.

Natürlich hatte ich ein schlechtes Gewissen, als wir wieder auf die Straße zurückfuhren. Doch der vorige Tag kam mir allmählich vor wie ein wirrer Traum. Das Fieber war bestimmt gesunken, ich hatte jetzt ausschließlich klare Gedanken im Kopf. Liina zum Empfang an der Haustür. Liina mit mir im Bett. Eine lächelnde Liina, die es noch einmal versuchen wollte. Ich würde ihr von meinem Abenteuer auf dem Land erzählen, wie ich etwas Wesentliches über mich erfahren und was die Welt mich gelehrt hatte. Ich klopfte mit dem Fuß zum Takt der Musik aus dem Radio, pfiff und wartete darauf, daß mein neuer Freund mit einfiel.

Tuomas' Gesicht sah sonderbar aus. Ich begriff gerade noch, daß seine Augen voller Tränen waren, als er schon den Türgriff in der Hand hielt und aus meinem Blickfeld verschwand. Mit aller Kraft trat ich auf die quietschende Bremse. Benommen stieg ich aus dem Auto und rannte zurück. Andere Autos waren nicht zu sehen. Aus den Büschen neben dem Seitenstreifen blitzte seine Lederjacke hervor. Mit klopfendem Herzen beugte ich mich über das Bündel und befürchtete das Schlimmste.

Tuomas stöhnte leise. Ich kniete mich neben ihn und fühlte seinen Puls, so, wie es in TV-Serien gemacht wird. Er hob seinen Kopf, und ich nahm ihn in den Schoß. Da lag er nun, und bestimmt sahen wir reichlich melodramatisch aus. Er war allerdings nicht tot, eher zerschrammt, denn das Auto war langsam gefahren. Ich versuchte, den einen Gedanken aus meinem Kopf zu verbannen. Er hat es mit Absicht gemacht. Gerade als es bei mir wieder anfing zu laufen, mußte er solch eine Show abziehen. Gerade als …

– Verlaß mich nicht, sagte Tuomas mit schwacher Stimme.

Eine kläglich herabhängende Piratenflagge hieß uns erneut willkommen im Haus, dessen Anstrich im Tageslicht sehr ausgeblichen wirkte. Tuomas stützte sich auf meine Schulter, als wir die Treppe hochstiegen. Ich half ihm beim Schuheausziehen und glaubte, einen Menschen gerettet zu haben. Wie in Zeitlupe war ich auf ihn zugelaufen, an seiner Wange hatte Blut geklebt, aus seiner Lederjacke war ein Dreieck herausgerissen. Irgendwo hatte ich mal gelesen, daß man für den Menschen, den man gerettet hat, sein Leben lang die Verantwortung trägt.

Ich klebte Tuomas ein Pflaster auf die Stirn, und er bewunderte seine Verletzungen im Spiegel.

– Ich wollte dich nur erschrecken, aber dann habe ich das Gleichgewicht verloren und klatsch! Tuomas gestikulierte mit den Händen und kicherte. – Du hättest mal dein Gesicht sehen sollen. Mist, sogar das Knie im Arsch. Mein Vater wird einen *Mega*anfall kriegen.

Ich schlug Tuomas vor, sich hinzulegen, aber er wollte unbedingt sofort zum Fluß. Auf zu neuen Abenteuern. Nun gut. Ich sammelte die Lebensmittelreste vom Vortag zwischen die Brotscheiben und packte die Tasche. Mir fiel auf, daß ich so etwas zum ersten Mal machte; Liina hatte sich immer um solche Sachen wie Proviant gekümmert.

Nach wie vor hatte ich nur die dünnen Kleider dabei, die ich am Leib trug, und die zeichneten sich nicht gerade durch Sauberkeit aus. Tuomas holte aus seinem unerschöpflichen Rucksack einen hellgrünen Kapuzenpulli mit »Abi«-Aufdruck hervor, den ich mir überzog. Zum Glück kannte mich hier niemand. Wir wanderten über Waldwege, und Tuomas plapperte ununterbrochen. Eine Weile hinkte er mit dem linken Fuß, vergaß das aber bald. Der trübe Fluß, meiner Meinung nach eher ein

Bach, wand sich mitten durch den Wald und führte allerlei Abfall mit sich. Wir wählten einen trocken aussehenden Platz im kalten Gras und breiteten eine Decke aus. Der Himmel war grau und lila, die Vögel blieben seltsam still. Ich saß mit einem wildfremden, von mir geretteten Menschen beim Picknick inmitten der finnischen Wälder, knabberte Wurst und erzählte Nichtigkeiten.

Nichtigkeiten natürlich nicht für Tuomas, für den alles von Bedeutung war. Besonders unsere neue Beziehung. Er strotzte vor Energie und Siegesfreude. Wahrscheinlich nahm er sogar an, daß ich bis an mein Lebensende hierbleiben würde.

Tuomas turnte an der Uferböschung herum, von Schmerzen im Fuß keine Spur. Er ließ Steinchen übers Wasser hüpfen und versicherte sich zwischendurch, ob ich auch wirklich zusah. Ich klatschte wohlwollend. Er ließ sich wieder auf die Decke fallen und legte seinen Kopf auf mein Knie. Ich ließ es geschehen.

– Stell dir vor, sagte ich dann. – Wenn ich weitergefahren wäre, hätte dich vielleicht niemand bemerkt. Dann hättest du da vermodern können. Was dein Papa davon wohl gehalten hätte.

Tuomas schüttelte den Kopf.

– Hör bloß auf.

– Die Autos wären vorbeigesaust, und deine Wunden hätten angefangen zu nässen. Würmer hätten sich drin eingenistet. Wenn man dich dann gefunden hätte, wärst du wahrscheinlich schon verdurstet gewesen.

Tuomas schwieg. Wir saßen herum, und ich überlegte, wie wir vom gegenüberliegenden Ufer aus wirkten. Zwei junge Abenteurer genossen ihr Leben in vollen Zügen. Zwei von der Jugend berauschte Seelen nahmen alles mit, was das Leben zu bieten hatte. Dann fiel Schneeregen. Wir packten unsere Sachen und gingen schweigend zurück zum Haus.

Als wir eintraten, verlor ich das Gleichgewicht und riß fast eine Stehlampe um. Tuomas bekam sie im letzten Moment zu fassen und beugte sich dabei so dicht zu mir herüber, daß ich sein Rasierwasser riechen konnte. Moschus, dachte ich noch. Tuomas war mir ganz nah und umfaßte mit beiden Händen mein Gesicht. Seine langen Finger lagen kühl auf meinen heißen Wangen. Ich wagte nicht, ihm in die Augen zu sehen. Er gab mir einen langsamen, warmen Kuß. Ich schob die Lippen vor wie ein Teenie, alle meine Glieder wurden schlaff. Er küßte mich noch einmal, und jetzt war auch ich richtig bei der Sache. Für einen Jungen hatte er sehr weiche und volle Lippen. Wir fielen auf die Matratzen am Fußboden. Obwohl es drinnen warm war, wanderten Kälteschauer über meinen Körper. Ich lag ganz dicht bei Tuomas, wußte aber nicht recht, was ich tun sollte. Wir hielten einfach still, und das fühlte sich gut an. Im Zimmer wurde es dunkler. Als ich Tuomas nach einer Weile ins Gesicht sah, glänzten seine Augen. In dieser Lage schlief ich ein.

Als ich frühmorgens aufwachte, war es draußen verregnet und ich durcheinander. Tuomas hatte sich wie ein Kind in meinem Arm zusammengerollt. Er atmete tief und friedlich, ein kleines Lächeln auf den Lippen. Nichts und niemand schien seinen Schlaf stören zu können. Während ich ihn betrachtete, stieg in mir ein fremdes Gefühl auf. Ich erschrak und rückte von ihm ab. Tuomas winselte leise und gab schmatzende Geräusche von sich, wachte aber nicht auf. Mein Magen zog sich zusammen. Ich lag da und versuchte, alle meine Muskeln einzeln zu entspannen, während ich dem Prasseln des Regens zuhörte. Die Unruhe wich nicht von mir. Schließlich stand ich auf und ging ans Fenster. Die Tropfen wanderten in unbestimmten, zuckenden Bewegungen die Scheibe hinunter. Ein Tropfen floß mit dem anderen zusammen, hielt einen Moment an und setzte dann seinen rastlosen Weg zum nächsten Tropfen fort.

Nachdem es richtig hell geworden war, versuchte ich im Kamin Feuerholz aufzuschichten. Ich ging ganz orthodox vor, baute aus den Scheiten ein loses Viereck, stopfte Birkenrinde und Papier in die Lücken, aber das Feuer wollte nicht brennen. Es schwelte bläulich und ging immer wieder aus. Meine Hände und mein Gesicht waren völlig verrußt, und dann fing der Kamin an zu qualmen. Tuomas wurde wach. Er sprang auf und beeilte sich, die Klappe des Rauchabzugs zu öffnen, hustete, lachte und riß die Haustür auf.

– Du wolltest uns wohl zu Tode räuchern.

Er schlug mir spielerisch auf die Schulter, schichtete die Scheite neu auf und brachte wie durch Zauberhand das Feuer zum Brennen.

– Willst du Pfannkuchen?

Ich antwortete nicht und ging in die Küche, um Kaffee zu kochen. Nirgends konnte ich Filterpapier finden. Hinter mir trällerte Tuomas, nahm die Filter aus dem Schrank und brühte Kaffee auf.

Ich bewegte meine erstarrten Zehen vor dem Kaminfeuer. Der Regen dauerte an. Bestimmt hatte ich mir am Fluß eine Lungenentzündung geholt. Zur Probe hustete ich ein bißchen. Tuomas schaute besorgt und drängte mir einen Wollschal auf. Ich lehnte ab. Unsere Socken hingen nebeneinander an der Leine und sahen allzu vertraut aus.

Mir fiel auf, daß ich das Fernsehen vermißte. Jetzt käme *Emergency Room*, Liinas und meine Lieblingsserie. Das wäre mal was anderes als die ewigen Flammen. Liina würde sich in die Sofaecke schmiegen und Kamillentee trinken. Ob sie wohl überhaupt an mich dachte?

In diesem beschissenen Haus gab es absolut nichts zu tun. Schneeregen, Regen, ein stupider quadratischer Garten und noch mehr Regen. War Tuomas denn kein bißchen frustriert? Doch Tuomas schnitzte aus einem Ast einen praktischen Gebrauchsgegenstand, summte und dachte wahrscheinlich an die Elfen im Wald.

Meine Hand stieß gegen ein ledergebundenes Gästebuch auf dem Fußboden. Es war beinahe voll, die ersten Eintragungen stammten von 1987. Mein Blick fiel auf einen Text in schnörkeliger Schrift:

»Ich war krank – krank auf den Tod von dieser langen Qual; und als man mir schließlich die Fesseln abnahm und ich mich setzen durfte, spürte ich, daß mir die Sinne schwanden. Das Urteil – das gefürchtete Urteil zum Tode – war das letzte, was deutlich hervorgehoben meine Ohren erreichte.«

Atemlos starrte ich auf den Eintrag. Wer bewohnte eigentlich dieses Haus? Voller Begeisterung zeigte ich Tuomas das aufgeschlagene Buch. Er warf einen kurzen Blick hinein und prustete los.

– Edgar Allan Poe. Irgendein Spaßvogel.

Der Schreiber fuhr fort mit Belanglosigkeiten vom Schwimmen im Teich und – welche Überraschung! – Würstchengrillen am Kamin. »Danke, Mädels, für das wunderschöne Wochenende! Gruß, Liina.«

Ich warf das Buch in die Ecke. Mir fiel unser Zuhause wieder ein. Würde die Liina dort wohl jemals Poe zitieren oder eine Piratenflagge hissen können?

Der Regen ließ nach, und die Sonne füllte das Haus. Alles sah anders aus. Alles außer Tuomas, der geschäftig blieb. Er spaltete Holz, schmierte Butterbrote und machte die Sauna sauber. Während ich ihm zusah, dachte ich, daß ich ihn bereits zu lange kannte.

Er sprudelte über vor Plänen, ich wußte überhaupt nicht, wovon er sprach. Ich nickte, schlürfte Kaffee und machte mir meine eigenen Gedanken. Wie würde ich Tuomas loswerden? Natürlich konnte ich lügen – oder ganz direkt sagen, wie die Dinge standen. Daß es schön gewesen war, solange es gedauert hatte. So long, wir können uns ja schreiben. Ich überlegte, wie ich ihn am wenigsten verletzen würde. Er war ja gewissermaßen von mir abhängig. Wo wäre er jetzt, wenn ich ihn nicht mitgenommen hätte? Oder ihn nicht davor bewahrt hätte, auf dem Seitenstreifen liegenzubleiben? Oder ihm nicht »die Richtung gewiesen« hätte, wie er es formulierte?

Immer wenn ich gerade den Mund aufmachen wollte, erzählte Tuomas schnell einen Witz oder lenkte meine Aufmerksamkeit auf das Wetter. Wenn er es schaffte, mich für sein Gequatsche zu interessieren, hörte er meiner Antwort mit leuchtenden Augen zu. Jedes meiner Worte wendete er in seinem Kopf hin und her und kam darauf zurück, wenn ich es schon längst vergessen hatte.

– Weißt du, ich hab mich jetzt entschlossen, meinte er plötzlich und umfaßte meine Hände. – Soll mein Vater sagen, was er will, ich jedenfalls werde nicht gehorchen. Ich nehme mir ein Beispiel an dir und reise weiter. Sogar bis ans Ende der Welt.

Tuomas' Stimme zitterte geradezu vor Rührung. Wie neugeboren sah er mich an. Ich brachte es nicht über mich, etwas zu erwidern, und lächelte nur milde. Schließlich begaben wir uns zum Auto. Es wäre zu ermüdend gewesen, dem Jungen die Wahrheit zu sagen. Sollte er noch ein Weilchen denken, was er wollte; ich würde den richtigen Moment abpassen. Man zerstörte nicht einfach so die Träume eines anderen.

– Schau mal. Der zweite Gummistiefel ist verschwunden. Tuomas wies auf den lehmigen Stiefel auf der Veranda.

– Woher soll ich denn wissen, wo der Scheißstiefel hin ist.

Mein Weg führte jetzt nach Hause, wo ich bestimmt schon erwartet wurde.

Während der Fahrt behielt Tuomas die Straßenschilder im Auge, wagte aber nicht, sich nach unserem Ziel zu erkundigen. Ich legte lauten Rock 'n' Roll ein, um seine Fragen schon im Keim zu ersticken. Alles lief nach Plan, wir näherten uns Kilometer für Kilometer meiner Heimatstadt. Tuomas wurde immer stiller. Sicherlich hatte er aufgegeben. Er kratzte Dreck unter seinen Fingernägeln hervor und blickte wehmütig auf die Felder. Ob er begriff, daß dies nicht ewig hatte dauern können? Er mußte eben lernen, daß alles seine Zeit hatte. Junge Menschen waren einfach viel zu ungeduldig.

An der Tankstelle wandte ich mich ihm schließlich zu, machte die Musik aus und räusperte mich. Die Stunde der Wahrheit war gekommen.

– Hör mal, sagte ich.

Aber Tuomas sah in eine andere Richtung und jauchzte: Mann, was für eine Karre! Er zeigte auf einen kirschroten Jaguar, der gerade von einer üppigen Brünetten vollgetankt wurde. Die Frau war mit Sicherheit eins achtzig groß, und als sie sich bückte, fiel ihr eine gewaltige

Lockenpracht ins Gesicht. Mein Herzschlag setzte beinahe aus.

Ehe ich reagieren konnte, stieg Tuomas aus und ging ohne Umschweife auf sie zu. Er wies auf ihr Auto und gab offenbar etwas Amüsantes zum besten. Zu meiner Überraschung lächelte die Frau, ihr Gesicht wurde von zwei Reihen unglaublich schöner Zähne erhellt. Sie sagte etwas, wedelte mit der Hand und brachte ihrerseits Tuomas zum Lachen. Fünf Minuten waren bestimmt schon vergangen, ich wurde langsam ungeduldig. Worüber zum Teufel redeten die eigentlich? Schließlich kam Tuomas zum Auto zurück und beugte sich zu mir.

– Na, da bist du ja wieder, sagte ich. – Wer ist denn das? Ich deutete auf die Frau und zwinkerte.

– Lea. Stammt aus Brasilien.

Schnell stieg ich aus und ging lächelnd auf Lea zu, reichte ihr die Hand und stellte mich vor. Sie gab mir die ihre, hielt jedoch ihren strahlenden Blick auf Tuomas gerichtet. Ich sagte auf englisch etwas über das großartige Wetter und über das noch großartigere Auto. Sie nickte und antwortete auf spanisch. Fragend sah ich zu Tuomas, der in ein spanisches Kauderwelsch ausbrach. Er lachte und gestikulierte, die Frau erwiderte sein Lachen.

– We were just about to go for a cup of coffee. Would you like to join us? fragte ich und zeigte zur Tankstelle. Doch die Frau schien mich nicht gehört zu haben und fuhr einfach in ihrer Sprache fort. Da hielt ich Tuomas meine Armbanduhr unter die Nase: Zeit zum Weiterfahren. Tuomas aber stellte sich nur neben mich und legte mir die Hand auf die Schulter. Dies war schon einmal geschehen, wie ich mich erinnerte.

– Stell dir vor, sagte er, Lea hat dieselbe Richtung wie ich. Ich hab gemerkt, daß du auf dem Heimweg bist. Du wirst mich also endlich los. Tausend Dank fürs Mitnehmen und alles. Und mach dir über das Geld keine Gedanken.

Tuomas umarmte mich kurz, drehte sich um und hüpfte mitsamt seinem Rucksack in den Jaguar. Lachend winkten sie mir zu. Die Sonne glänzte auf dem roten Lack des Autos, das beschleunigte und verschwand.

Ich stand da. Endlich bin ich frei, dachte ich. Ruhig ging ich ins Café an der Tankstelle und bestellte ein Bier. Die zwei Hunderter von Tuomas schwanden schnell. Der Tisch war bald reich gedeckt mit leeren Gläsern. Ich starrte vor mich hin, sah jedoch nichts. Nach dem sechsten Bier war ich davon überzeugt, daß Tuomas das mit Absicht getan hatte. War einfach verschwunden, um mich zum Narren zu halten. Bestimmt wartete er an der nächsten Kurve und lachte sich halbtot. Aber ich ließ mich nicht auf den Arm nehmen. Sollte er doch warten und erfrieren.

Eine junge Frau setzte sich an den Tisch in der Ecke und sah mich vielsagend an. Ich verstand den Wink sofort, ging zu ihr hinüber und erzählte wesentliche Dinge über mich selbst. Die Frau schaute aus dem Fenster, als habe sie nichts gehört. Ich erhob meine Stimme. Sie sah mich an, als sei sie etwas Besseres. Ich kehrte an meinen Tisch zurück. Mir gegenüber saß Jore, auch er ohne Gesellschaft. Wir sprachen von den Tatsachen des Lebens. Jores Mädchen war eine falsche Schlange, mit nichts war sie zufrieden. Wir verstanden uns. Wir tranken mehr.

Irgendwann fiel ich von der Bank. Jore half mir auf, doch ich wollte keine Hilfe. Ich schlug mit der Hand in die Luft. Gläserklirren. Das Café drehte sich einen Moment und verschwand dann aus meinem Blickfeld.

Ich tastete meine Taschen ab und fand Liinas Kreditkarte. Wie war die nur hierhergeraten. Das grelle Licht der Tankstelle schmerzte in meinen Augen. Meine Beine ließen sich kaum bewegen, ich schwankte und versuchte, mich mit meinem Blick an etwas festzuhalten. Ich stützte mich an den Süßigkeitenregalen ab. Die Augen des hinter der Theke hockenden Mädchens weiteten sich. Ich versuchte ein Lächeln, hielt ihr die Kreditkarte hin und zeigte auf die Abbildung des Doubleburgers an der Wand. Das Mädchen begann gemächlich, meine Mahlzeit zuzubereiten; ich hatte Lust, sie anzutreiben.

Die Leute starrten von ihren Tischen zu mir herüber. Mißtrauische Blicke, falsche Schlüsse. Gern hätte ich geschrien, aber meine Lippe tat dafür zu weh. Ich war unterwegs, ich hatte ein Ziel, von dem diese Menschen keine Vorstellung hatten.

Der Hamburger wurde vor mich hingeschoben. Im schmackhaften Sesambrötchen steckten zwei köstliche Hacksteaks aus bestem Rindfleisch, frischer Gurkensalat, Zwiebelringe und im Mund zergehender Cheddarkäse. Ich streckte meine Hand aus.

– Und der Personalausweis, bitte.

– Habbich nich so was, knurrte ich, und mit einem einzigen kraftvollen Panthersprung gelangte ich hinter die Theke, packte mit der einen Hand die Taille des Mädchens und mit der anderen den Hamburger. Ich nahm einen ordentlichen Bissen, kaute und schluckte. Dann gab ich dem Mädchen einen langen Kuß. Die Thousand-Island-Soße klebte nun auch an ihren Lippen, und ich beeilte mich, sie abzulecken. Ich nahm einen weiteren Bissen, schluckte und küßte, biß ab und küßte. Das Mädchen, das honigblondes Haar hatte, widersetzte sich durchaus nicht und fiel mit mir in einen langsamen Tanz.

Ich begriff, daß es sich um dasselbe Mädchen handelte, das in meinem Traum gerudert war.

– Das bist ja du! Die anderen Kunden schauten zu, wie wir uns wiegten und umarmten. So, dachte ich, hatte eine nahrhafte Mahlzeit zu sein.

Das Bild verdunkelte sich, und ich wachte mit dem Gesicht am Boden auf. An meiner Stirn war eine Beule, das Hemd voller Blut. Nach Blut schmeckte auch meine Oberlippe, in die ich gebissen hatte. Ich erhob mich auf alle viere, meine Arme waren zitterndes Gelee.

Ich schleppte mich hinaus zu dem Auto, das mich am meisten an meines erinnerte, und schob mich auf den Vordersitz. Langsam richtete ich meinen Blick auf den Rückspiegel. Das linke Auge war beinahe vollständig zugeschwollen, und das Blut hatte sich von der Lippe aus im ganzen Gesicht verteilt. Meine Rippen schmerzten, als ich sie betastete.

Ich schwebte im blutroten Vakuum, das Auto bewegte sich vorwärts und ich mit ihm. Wieder fiel mir Eevi ein, die in dem Film ihren Mitfahrer umbrachte. Oder war es so, daß sie ihm eine Lähmung vom Hals an abwärts zufügte? *Durch die Windschutzscheibe durch und krach.* Ich hatte Tuomas nicht umgebracht, hätte es aber vielleicht tun sollen. Jetzt dachte ich an ihn, wie er im roten Jaguar, die Brünette neben sich, mit zunehmender Geschwindigkeit aufs große Abenteuer zueilte.

Das Bier plätscherte in meinem Magen. In einer bitteren Woge stieg mir Galle in den Mund. Ich steuerte an den Straßenrand, öffnete die Tür und ließ es kommen. Bereits nach der ersten Ladung klappte ich zusammen, aber der Brechreiz ging noch lange weiter, nachdem der Magen schon entleert war. Meine Beine zitterten wie bei

Schüttelfrost, in meine Augen traten heiße Tränen, ich spuckte gelben Schleim, der in Fäden an meinen Mundwinkeln hing.

Ich setzte die Reise fort, sah mit dem unversehrten Auge nach vorn und dachte darüber nach, daß die Straße letztendlich immer vor mir bliebe, egal wie lange und wohin ich fuhr. Ich kam gut voran, und unterdessen erwachte die ganze Welt zu neuem Leben. Oder war ich derjenige, der ins Leben zurückkehrte? Jetzt, in dieser nebligen Landschaft, während die vorbeifliegende Wirklichkeit nur nach kraftlosem Blendwerk aussah? Weshalb war ich eigentlich aufgebrochen? Ich war doch hier, wohin auch immer ich ging. Ich war hier, und vor dieser bedauernswerten Tatsache gab es kein Entrinnen.

Ich stellte mir Tuomas vor, wie er im roten Jaguar, die Brünette neben sich, mit zunehmender Geschwindigkeit aufs große Abenteuer zueilte. Und diese Vorstellung fühlte sich gut an. Gut für Tuomas, nicht für mich. Hatte ich je gewußt, was sich gut anfühlte für mich?

Ich wollte gerade an etwas anderes denken, als mich ein paar Harley-Davidsons einkreisten. Massive, glänzende Fahrzeuge, deren Knattern meine Ohren betäubte. Meine Gedanken wurden unterbrochen. Die bärtige Horde fuhr links und rechts von mir und starrte mich an: Meine offenen Wunden erlangten den verdienten Respekt. Ich winkte aus dem Fenster, die Ledermänner winkten zurück. Ich beschleunigte, und sie beschleunigten auch. Einen Augenblick lang fühlte ich mich der Gang zugehörig. Ich kannte keine Angst, ich fuhr nur und mußte lachen, öffnete meine geplatzten Lippen zu einem schallenden Gelächter, löste die Hände vom Lenkrad und trat das Gaspedal bis zum Boden durch. Stilvoll kurvte ich die Straße entlang, und die Gang ließ sich einträchtig zurückfallen. Ich führte. Der graue Asphalt folgte meinem Willen, demütig paßte er sich meinen Bewegungen an. Die Straße war mein Freund, der einzige, der mir auf diese Art treu war. Bis sie sich vor mir aufrichtete. Von irgendwoher tauchte ein Lastwagen auf, gewaltig und schnell und unausweichlich, pures schwarzes Metall und Chromglanz, und er fiel wie vom Himmel herunter auf meine Straße. Ich umklammerte das Lenkrad und spürte, wie das Auto zum Flug ansetzte. Ich flog, flog und glaubte, das Fahrzeug habe Flügel bekommen, ich drehte und drehte mich, und die gelbe Baseballkappe mit mir. Unter mir entfernte sich die Straße mehr und mehr. Ich dachte noch, daß das Auto, in dem ich saß, mein ganzes Leben war. Ich flog über dem Nichts. *Er flog über dem Nichts.*

Zu Hause im Hof öffnete ich den Kofferraum und fand dort die Piratenflagge. Das Tuch des Abenteurers. Ich wickelte sie mir um die Schultern und war mir sicher, daß Liina das zu schätzen wüßte.

Als ich mich umdrehte, war Liina auch schon da. Sie war auf den Hof gelaufen, blond und wundervoll und in meinem Lieblingshemd: kleine weiße Herzen auf schwarzem Grund. Sie lächelte, breitete ihre Arme aus, warf sich mir entgegen und lachte: Du bist zurückgekommen, ich hab so auf dich gewartet.

Und ich umarmte Liina; sie war warm, ihr Haar reflektierte die Sonne in großen Strahlen. Um uns weitete sich leuchtend und schön die Welt, und nichts konnte uns mehr etwas anhaben. Hand in Hand gingen wir hinein, ich hob Liina hoch und trug sie über die Schwelle wie eine junge Braut. Liina flüsterte mir etwas von der Liebe ins Ohr.

– Leb wohl, sagte sie leise. Überrascht sah ich sie an. Liina lehnte sich an meine Brust und weinte. Warum weinte sie?

Oder ging es so:

Zu Hause im Hof öffnete ich den Kofferraum und fand die Piratenflagge. Ein lächerliches Bündel mit vergilbtem Totenschädel. Ich warf sie in die nächste Mülltonne. Mit schnellen Schritten ging ich auf die Haustür zu. Ich wußte genau, was zu sagen war.

Liina öffnete die Tür, registrierte mein übel zugerichtetes Gesicht und mein blutiges Hemd. Garantiert sah ich aus wie jemand, der einiges durchgemacht hatte. Die Cordhose verdreckt und überhaupt. Wie ich da so stand, fühlte ich mich richtig klein, klein und irgendwie anders als vorher. Ich hatte mich doch verändert, oder? Ich machte mein heiles Auge zu. Mein Herz raste. Ich öffnete das Auge wieder, und Liina war immer noch da. Indem ich mich ganz nah zu ihr beugte, flüsterte ich die Worte, die ich schon vor langer Zeit hätte sagen müssen. Warum hatte ich sie nicht bereits früher gesagt?

Liina sah mich mit einem Blick an, den ich noch nie gesehen hatte. Ich berührte sie. Die Angst war weg. O Liina, jetzt ist alles wieder gut. Aber Liina schob mich fort und wischte sich die Augen.

– Geh weg.

Ich starrte sie an und traute meinen Ohren nicht. Dann versuchte ich, sie noch einmal zu umarmen, mit demselben Ergebnis. Verstand sie denn gar nichts? Ich war doch zurückgekehrt, zu ihr! *Ich war zurückgekehrt!*

– Ich will vom Leben etwas Wirkliches, sagte Liina. Die Tür schloß sich vor mir.

Ich begriff nicht. Ich war fortgegangen und herumgereist, aber nun war ich zurückgekommen. Ich hatte sogar einem Menschen das Leben gerettet. Obwohl ich mit der Faust gegen die Tür hämmerte, öffnete niemand.

Schließlich taumelte ich in den Hof und vom Hof auf die Straße, dann zum Uferweg. Auf wackligen Beinen bewegte ich mich vorwärts, das Meer zu meiner Linken. Im Kopf hatte ich das Bild von meinem einsam am Straßenrand liegenden warmen Körper, umgeben von einem zur Unkenntlichkeit zerquetschten Autoschrotthaufen. Ich erreichte den vertrauten Stein, kletterte hinauf und setzte mich. Vor mir lag das offene Meer. Unter meiner Hand war der Stein kalt wie der Tod.

Ich erinnerte mich an den letzten Sommer, als Liina hier neben mir gesessen hatte: Ich und Liina, wie wir auf dem großen Stein am Ufer sitzen. Der Stein warm und grau unter unseren Füßen, das Schilf um uns leise rauschend. Der Gesang des Haubentauchers ist von ferne zu hören, wie ein Gruß aus längst vergangenen Zeiten. Und ich glaube nicht, daß irgendwer sonst dies so hört, wie wir es hören, Liina und ich. Hier sind wir, und das ist kein Traum.

Ich saß da und schaute, bis das Meer vor mir völlig dunkel und am Horizont nur noch ein dünner heller Streifen zu sehen war.

Ich habe Anna betrogen

Ich traf Anna auf einem ausgelassenen Fest, und zwischen uns entstand sofort eine außergewöhnliche Beziehung. Sie war das Beste, was mir bisher passiert war, wir zogen zusammen, heirateten und kauften ein gemeinsames Bett.

Zum ersten Mal betrog ich Anna, als mein Urlaub anfing und sie ihre Mutter auf dem Land besuchte. Ich lachte mir in der Kneipe eine bedeutend jüngere Frau an, und wir liebten uns im Ehebett. Als das Mädchen fror und jammerte, lieh ich ihr Annas Nachthemd, und morgens begleitete ich sie zärtlich bis zur Tür.

Zu Mittsommer im Sommerhaus war Anna einen Tag fort, um sich zu amüsieren, und ließ mich allein mit ihrer Schwester zurück. Ein sehr schönes Mädchen, große Rehaugen, rundliche Figur, völlig anders als Annas schlanke Statur.

Im Herbst traf ich Eila, blond und energiegeladen; sie hatte schon alles erfahren, verschmähte aber auch eine weitere Erfahrung nicht. Liisa war meine Sekretärin, doch das war wirklich nur purer Sex. Obwohl ich es genoß, war es geradezu eine Erleichterung, als sie in eine andere Abteilung wechselte und unsere Treffen seltener wurden. Ich nutzte die Gelegenheit auf dem Schiff nach Schweden, auf der Toilette im Restaurant, bei den Familienfeiern (die umwerfende brünette Cousine), im Flugzeug, in der Mittagspause, auf Dienstreise, im Fahrstuhl im Schwimmbad in der Umkleide auf dem Fußballplatz und einmal bei uns zu Hause, als Anna schlief.

An einem Abend im letzten Oktober kam Anna nicht nach Hause. Ich telefonierte alle Freunde durch und lief den ganzen Abend hin und her, aus dem Wohnzimmer in die Küche, aus der Küche ins Schlafzimmer, aus dem Schlafzimmer in den Flur ... da sah ich auf dem Fußboden die Socke. Eine grüne Herrensocke. Ich hob sie auf und inspizierte sie. Die Socke roch leicht nach Schweiß, ich schüttelte mich. Bestimmt zehn Minuten lang stand ich da mit der Socke in der Hand, unfähig, einen Gedanken zu fassen. Rrrr-rrrr, surrte der Kühlschrank. Im Treppenhaus war Gepolter zu hören. Im Fernsehen rauschte der Bildschirmschnee, denn es war schon spät.

Anna kam zur Tür herein mit einem Mann im Arm. Sie lachten. Ich brachte keine Bewegung zustande, mit erhobener Hand beobachtete ich, wie sie ihre Mäntel und Schuhe auszogen und in die Küche gingen. Gläserklirren. Der Mann sagte etwas über die Socke, Anna kicherte.

– Es ist alles aus zwischen uns, rief ich, ohne irgendeine Wirkung. Kalter Schweiß rann mir den Rücken hinunter, während Anna und der Mann sich in der Küche betranken.

Am Morgen tänzelte Anna nackt durch die Wohnung, schüttelte ihr Haar und flötete wie ein Vogel. Ich konnte mich nicht bewegen. Anna machte Frühstück und ließ ein helles Lachen erklingen, wie ich es von ihren Lippen noch nie gehört hatte. Wundervolle Anna. Ich spürte die Liebe in meiner Seele brennen.

Der Mann hatte die Stirn, an mir vorbei zum Klo zu stolpern, sein Po leuchtete weiß. Ich nahm in keiner Weise Notiz von ihm, sondern blickte zur Decke und dachte an Anna. Die grüne Socke schien an meiner Hand festgewachsen.

Sie trieben es auf dem Küchentisch! Ich hörte mir das Geruckel eine Weile an, dann begann ich, mit lauter Stimme kommunistische Kampflieder zu singen. Trotzdem vernahm ich jedes Stöhnen und jedes Tischknarren schmerzhaft deutlich. Ich war von oben bis unten erstarrt, meine Füße schmerzten, und mein Arm zitterte, doch das war nichts im Vergleich zu den Qualen meines Herzens.

– Anna! Ich liebe dich! schrie ich. Keine Antwort – nur ein langes, genußvolles Klagen. Ein Laut völliger Befriedigung.

Anna kommt und geht, ich stehe im Flur, und die Weihnachtszeit naht. Der dunkelhaarige Mann ist ein anderer als der mit den grünen Shorts vom Morgen. Die Jüngeren benehmen sich ein wenig anständiger als die Älteren, die mich als Garderobe benutzen oder ihre weinbefleckten Mundwinkel an meinem Hemdzipfel abwischen. Vor einer Woche genehmigte sich ein Bärtiger zuviel Madeira und dämmerte zu meinen Füßen ein. Ich hatte nicht übel Lust zuzutreten, war aber leider nur zu einem kümmerlichen Zehenzucken in der Lage.

Andererseits habe ich mich irgendwie daran gewöhnt. Einer der Männer hatte eines Tages sein kleines Kind dabei, das einen hübschen Baumschmuck an mir befestigte. Das wärmte mir das Herz, unbestritten, nachdem ich während des Novemberwetters Schirmständer sein und zahlreiche Zeichen der Gleichgültigkeit von den Gästen erdulden mußte. Ich hoffe, daß man mir diesen Weihnachtsstern nicht wegnimmt. Für Augenblicke bin ich sogar der Mittelpunkt des Geschehens, wenn um mich herum Ringelreigen getanzt wird, und vielleicht werden ja am Weihnachtsabend die Geschenke zu meinen Füßen abgelegt.

Inhalt

»Skandinavien« im Suhrkamp und im Insel Verlag
Eine Auswahl

Norwegen

Ketil Bjørnstad
- Edvard Munch. Die Geschichte seines Lebens. Romanbiographie. Übersetzt von Lothar Schneider. 516 Seiten. Gebunden
- Erlings Fall. Roman. Übersetzt von Lothar Schneider. 280 Seiten. Gebunden. st 3445. 277 Seiten
- Der Tanz des Lebens. Roman. Übersetzt von Lothar Schneider. 278 Seiten. Gebunden

Tor Åge Bringsværd. Das Frühstück der Langschläferin. Ein Unterhaltungsroman auf Leben und Tod! Übersetzt von Lothar Schneider. 333 Seiten. Gebunden

Henrik Ibsen. Ein Puppenheim. Stück, Vorarbeiten, Materialien. Herausgegeben und übersetzt von Angelika Gundlach. 425 Seiten. Leinen. it 323. 176 Seiten

Geir Pollen. Hutchinson's Nachf. Roman. Übersetzt von Angelika Gundlach. 194 Seiten. Gebunden

Lars Svendsen. Kleine Philosophie der Langeweile. Übersetzt von Lothar Schneider. 190 Seiten. Gebunden

Sigrid Undset. Das glückliche Alter. Erzählung. Übersetzt von Lothar Schneider. BS 1325. 144 Seiten

NF 449/1/12.02

Finnland

Daniel Katz. Lots Töchter. Roman. Übersetzt von Gisbert Jänicke. 312 Seiten. Gebunden

Petri Tamminen. Der Eros des Nordens. Roman. Übersetzt von Stefan Moster. st 3463. 160 Seiten

Island

Gyrðir Elíasson. Das Schlafrad. Roman. Übersetzt von Gert Kreutzer. 132 Seiten. Gebunden

Elín Ebba Gunnarsdóttir. Jener Sommer in Island. Übersetzt von Karl-Ludwig Wetzig. es 2163. 112 Seiten

Schweden

Stig Dagerman
- Deutscher Herbst. Reiseschilderung. Übersetzt von Jörg Scherzer. BS 924. 119 Seiten
- Die Insel der Verdammten. Roman. Übersetzt von Jörg Scherzer. 319 Seiten. Gebunden
- Die Schlange. Roman. Übersetzt von Jörg Scherzer. 259 Seiten. Gebunden

Marie Hermanson
- Muschelstrand. Übersetzt von Regine Elsässer. st 3390. 304 Seiten
- Die Schmetterlingsfrau. Roman. Übersetzt von Regine Elsässer. 242 Seiten. Gebunden

NF 449/2/12.02

Per Christian Jersild. Der fünfzigste Erlöser. Roman. Übersetzt von Jörg Scherzer. 263 Seiten. Gebunden

Per Christian Jersild/Lars Ardelius. Gedanken über den Tod. Übersetzt von Jörg Scherzer. Mit zahlreichen Abbildungen. 308 Seiten. Leinen

Olof Lagercrantz
- Dante und die Göttliche Komödie. Übersetzt von Gisbert Jänicke. Mit farbigen Abbildungen. it 2159. 296 Seiten
- Marcel Proust oder Vom Glück des Lesens. Übersetzt von Angelika Gundlach. 206 Seiten. Leinen
- Mein erster Kreis. Die Geschichte einer Jugend. Übersetzt von Angelika Gundlach. 231 Seiten. Leinen
- Reise ins Herz der Finsternis. Eine Reise mit Joseph Conrad. Übersetzt von Angelika Gundlach. 207 Seiten. Leinen
- Strindberg. Übersetzt von Angelika Gundlach. 587 Seiten. Leinen
- Vom Leben auf der anderen Seite. Ein Buch über Emanuel Swedenborg. Übersetzt von Angelika Gundlach. 207 Seiten. Gebunden

Selma Lagerlöf. Das Mädchen vom Moorhof. Übersetzt von Marie Franzos. IB 285. 79 Seiten

Lars Norén
- Eintagswesen. Übersetzt von Angelika Gundlach. 211 Seiten. Englische Broschur
- Nacht, Mutter des Tages. Chaos ist nahe bei Gott. Übersetzt von Angelika Gundlach. 271 Seiten. Kartoniert
- Nachtwache. Übersetzt von Angelika Gundlach. 205 Seiten. Broschur

NF 449/3/12.02

Klas Östergren

- Anker. Roman. Übersetzt von Jörg Scherzer. 242 Seiten. Gebunden
- Gentlemen. Roman. 515 Seiten. Gebunden
- Pflaster. Roman. Übersetzt von Jörg Scherzer. 216 Seiten. Gebunden

August Strindberg

- Fräulein Julie. Drama. Übersetzt und mit einem Nachwort versehen von Peter Weiss. it 2701. 112 Seiten
- Tschandala. Eine Erzählung aus dem 17. Jahrhundert. Übersetzt von Renate Bleibtreu. it 2741. 176 Seiten

Dänemark

Hans Christian Andersen

- Bericht einer Reise in die Sächsische Schweiz. Herausgegeben von Ulrich Sonnenberg. Mit zahlreichen zeitgenössischen Abbildungen. IB 1220. 104 Seiten
- Märchen. Mit Illustrationen von Vilhelm Pedersen und Lorenz Frølich. Übersetzt von Eva-Maria Blühm. Drei Bände. it 133. 1129 Seiten
- Märchen, Briefe, Geschichten. Ausgewählt und kommentiert von Johan de Mylius. Übersetzt von Ulrich Sonnenberg. Mit zahlreichen Abbildungen. 432 Seiten. Gebunden
- Märchen meines Lebens. Mit einem Nachwort von Johan de Mylius. it 2738. 250 Seiten
- Schattenbilder einer Reise in den Harz, die Sächsische Schweiz etc. etc. im Sommer 1831. Mit zahlreichen zeitgenössischen Abbildungen. Herausgegeben von Ulrich Sonnenberg. it 2818. 148 Seiten
- Die Schneekönigin. Übersetzt von Eva-Maria Blühm. Mit farbigen Illustrationen von Birgit Ackermann. it 2578. 120 Seiten

NF 449/4/12.02

- Die schönsten Märchen. Übersetzt von Mathilde Mann. Ausgewählt und mit einem Nachwort versehen von Ulrich Sonnenberg. it 2651. 272 Seiten
- Spaziergang in der Sylvesternacht. 1828/29. Übersetzt von Anni Carlsson. Mit Zeichnungen von Gunter Böhmer. it 1130. 149 Seiten
- Tagebücher 1825-1875. Herausgegeben und übersetzt von Gisela Perlet. it 2886. 800 Seiten
- Weihnachts- und Wintermärchen. Ausgewählt von Ulrich Sonnenberg. it 2694. 128 Seiten

Vita Andersen
- Sebastians Liebe. Roman. Übersetzt von Peter Urban-Halle. 286 Seiten. Gebunden
- Welche Hand willst Du? Roman. Übersetzt von Angelika Gundlach. Gebunden und st 2225. 332 Seiten

Thorkild Bjørnvig. Meine Freundschaft mit Tania Blixen. Übersetzt von Gabriele Gerecke. st 2815. 224 Seiten

Tania Blixen.
- Ehrengard. Übersetzt von Fritz Lorch. Mit einem Nachwort von Brigitte Kronauer. BS 917. 90 Seiten. it 2416. 110 Seiten
- Moderne Ehe. Und andere Betrachtungen. Übersetzt von Walter Boehlich. Nachwort von Hanns Grössel. BS 886. 101 Seiten

Inger Christensen
- Das gemalte Zimmer. Eine Erzählung aus Mantua. Übersetzt von Hanns Grössel. BS 1218. 107 Seiten
- Das Schmetterlingstal. Ein Requiem. Sommerfugledalen. et requiem. Übersetzt von Hanns Grössel. Mit einem Nachwort von Thomas Sparr. BS 1295. 49 Seiten

NF 449/5/12.02

Jens Peter Jacobsen. Niels Lyhne. Mit Illustrationen von Heinrich Vogeler. Nachwort von Fritz Paul. Übersetzt von Anke Mann. it 44. 291 Seiten

Sören Kierkegaard. Tagebuch des Verführers. Übersetzt von Helene Ritzerfeld. it 405. 235 Seiten

Kierkegaard für Gestreßte. Herausgegeben von Johan de Mylius. Übersetzt von Ulrich Sonnenberg. it 2661. 192 Seiten

NF 449/6/12.02